Oscar

LUCIANA LITTIZZETTO

COL CAVOLO

OSCAR MONDADORI

© 2004 Arnoldo Mondadori Editore S.p.A., Milano

I edizione Biblioteca Umoristica Mondadori novembre 2004
I edizione Oscar bestsellers novembre 2006

ISBN 978-88-04-56204-7

Questo volume è stato stampato
presso Mondadori Printing S.p.A.
Stabilimento NSM - Cles (TN)
Stampato in Italia. Printed in Italy

Anno 2009 - Ristampa   6 7

www.lucianalittizzetto.it

www.librimondadori.it

Indice

Col cavolo

A Giorgia che vuole sempre
che la saluti in tv
e io non lo faccio mai

Moglie, nome comune di cosa

Così dicono gli esperti. Tre anni. L'amore vero dura tre anni. Qualcosina in più di mille giorni. Dopodiché buongiorno bignola, ciao contadina. Non è più la stessa cosa. Prima saliva il desiderio e calavano le mutande, poi succede il contrario. Cala il desiderio e risalgono le mutande. E non solo in senso metaforico, perché si abbandonano i tanga e si ritorna al caldo abbraccio della braga ascellare. Perlamiseria. Bisogna imparare a rinverdire 'sto desiderio. Che è già un bel controsenso. Come faccio a desiderare il mio Godzilla se ce l'ho già tutte le notti spaparanzato di fianco che dorme a bocca aperta con un alito che non è certo segnalato dallo Slow Food? E come fa lui, poverino, a desiderare una bergera che passa le serate a ricamare a punto croce il primo piano di un cavallo e a letto grida «basta basta» solo quando le schiacci il nervo sciatico? Il massimo che puoi fare è passare le domeniche alla Casa del mobile. Cara mia. Se dopo la prima gravidanza hai cominciato a chiamare il tuo boy «papà» poi non devi lamentarti se il tuo maschio angioino vagola per casa in mutande e De Fonseca a forma di rana. E tu pure, mister mandarino. Cosa pretendi? Visto da nudo sembri la cartina dell'Africa è naturale che a letto lei preferisca la tisana cent'erbe a te E avanti così fin quando... «Mio marito s'è fatto l'amante»...

11

«Mia moglie s'è fatta l'amante». Patapam giù dal pero. Eh, certo. Anni e anni di Incantesimo qualche conseguenza la portano. Si tradisce per dare una risciacquatina all'amor proprio. Lui non mi desidera più? Lei non mi desidera più? Molto bene. Nell'eventualità che conosca quella giusta che me gusta mi metto sul mercato. Oddio, non sarò proprio la Kidman ma con un adeguato dondolio pelvico qualche ormone lo faccio ancora risvegliare. Va be', certo che Banderas è un'altra cosa, però io se mi metto d'impegno faccio ancora ballare la giga alle giovani pollastre. E si tradisce. E ci si fa l'amante. Participio presente. Quella che ama. Che non è la moglie. O la fidanzata. Nomi comuni di cosa. Banali sostantivi che non sono un'azione. Per i tradimenti però, credetemi, bisogna esserci portati. Avere 'sta dote lì. Altrimenti è come fare in banca un investimento ad alto rischio. Senza capitale garantito. Finisci che perdi tutto. Nella vita, nulla rimane mai uguale a se stesso. Perché la coppia dovrebbe? Bisogna imparare a trasformarsi. L'ha fatto persino la Pivetti. Fino a qualche anno fa si vestiva come Madame Curie adesso sembra Madame Brutal. Io, sulle questioni d'amore, mi fido solo del filosofo Marco Ferradini e del suo bel Teorema. «Non esistono leggi in amore», dice lui. Giusto. Che ogni coppia trovi la sua. Lui sì che la sa. Non si sarebbe garantito la pensione con i diritti della Siae.

Donne con le palle

Buonanotte al secchio. È tutta colpa del corpo calloso. Altro che cucche. Noi baiadere non solo abbiamo fianchi consistenti, polpacci da lottatore di sumo e pancette da piccolo buddha, ma anche un corpo calloso più spesso. Che sarebbe a dire che con gli anni ci abbiamo fatto il callo? Anche. Ma Piero Angela la spiegherebbe diversamente. Praticamente nelle donne il fascio di fibre nervose che collega l'emisfero destro a quello sinistro del cervello è più voluminoso. Questo significa che pensiamo più in fretta, parliamo più veloce e facciamo prima a darci una mossa. Gli uomini invece, avendocelo piccolo piccolo, il corpo calloso intendo, non possono contare su connessioni rapide degli emisferi. Quindi riescono a fare una sola cosa per volta. E a pensare un solo pensiero. E son pure pieni di fisime. È per via dello stramaledetto corpo calloso che nel lasso di tempo che impiega il nostro boy a cambiare le pile dell'orologio a muro noi sparecchiamo la tavola, prepariamo il caffè, stendiamo il bucato, raschiamo le carote, scendiamo il cane, concimiamo le begonie e telefoniamo all'amante. Il mio visir. Adesso vi racconto. In autostrada quando arriva al casello abbassa l'autoradio. Normale? Be', sarebbe normale se lo facesse per sentire chiaramente quel che dice il casellante. Peccato che noi abbiamo il telepass. Il benedetto, santissimo telepass. Bippp... Lui non ce la fa a superare il casello e ad ascoltare gli Steely Dan contemporaneamente. E io son lì col mio corpo calloso che freme. E allora chiudo gli occhi e penso positivo. Penso che forse è proprio grazie a lui, a quel ponticello del cervello, che col tempo noi donne ci siamo emancipate. Abbiamo raggiunto la quasi parità. E quando riusciamo a fare le cose per benino ci dicono pure che siamo donne con le palle. Mammamia che orrore. Io non voglio essere una donna con le palle. Le tette mi bastano e avanzano. Non so voi ma io non l'ho mai avuta 'st'invidia del pene. Ho avuto nostalgia, qualche volta. Ma chi lo vuole? Lo stimo, il pene. È un bell'articolo, per carità. Sa essere divertente quando si impegna. Quando non ha bisogno di un viagra station wagon. Ma che rimanga lì dove è sempre stato. Non mi interessa assolutamente. Neanche in saldo. Io voglio rimanere una donna normale. Che non si fa mettere i piedi in testa ma sa tollerare. Invece adesso serpeggia tra il gentil sesso 'sta mania della rivincita. Vogliamo avere sempre ragione. Anzi. Riprenderci la ragione. Non essere felici. Eppure ce l'abbiamo tutti i giorni sotto gli occhi. È di questo che si muore. Si muore nell'ostinato tentativo di avere ragione. Ma la ragione non è mai tutta da una parte. Con il corpo calloso che ci ritroviamo dovremmo capirlo, no? Per avere ragione si è disposti a tutto. Anche a guastare la vita propria e quella degli altri. Io ho deciso. Non voglio avere ragione. Voglio essere felice.

La coppia primitiva

Sono spossata. Mi sento fatta di purea. Non ho ancora compiuto quarant'anni eppure quando mi piego scricchiolo come un'armoire del '700. Da qui ad arrivare alla poltrona reclinabile con telecomando sul bracciolo e al salvavita Beghelli mi sa che è un attimo. È stato il trasloco a darmi il colpo di grazia. Ebbene sì. Sono andata a vivere col mio boy. Abbiamo fatto questo passo. Lo so, è un po' presto, siamo ancora tanto giovani. Avevamo tutta la vita davanti. Solo che dopo un po' che si bivacca da casa tua a casa sua, tu non sai più dove sia finito il tuo tubino nero e lui dove siano spariti i suoi boxer con la fantasia di briglie e cavalli da corsa, tu hai la borsa che trabocca di suoi calzini spaiati e lui la ventiquattrore con i tuoi collant, a te viene il sorriso da pescecane e a lui si sfrangiano i maroni come la giacca di Pecos Bill. Arriva il momento in cui dici: basta. Cerchiamo una cacchio di casa e facciamola finita. Diciamo la vera verità: si va a vivere insieme per sfinimento, non è che si cerca un romantico nido. Quello magari succede quando ci si sposa. Quelle cose normali. Che si sta fidanzati per un pochino, poi lui ti dice: «mi sposi?», tu piangi e fai finta di essere sorpresa ma in cuor tuo aspettavi che quel pirla te lo chiedesse da almeno nove mesi, si cerca la casa, poi i mobili, si fa la lista nozze... e via

via finché si arriva al divorzio che è un po' la fine che facciamo tutti quanti. Ci sono anche quelli seri (ormai un'esigua sacca di popolazione terrestre) che dormono e fanno l'amore per la prima volta il giorno delle nozze. Ma lì si tratta di cose ai confini della realtà. Robe da servizio su «Gaia: il pianeta che vive». Sono choc dai quali è difficilissimo uscir fuori. Noi venimmo alla luce biologicamente costruiti per essere autonomi come le caldaie. Ma poi la storia dell'umanità subì una repentina inversione di marcia. Adesso vi spiego. Molte ere fa l'uomo primitivo viveva libero e indipendente, una foglia di fico per nascondere le pudenda e gli occhi pieni di spazio e orizzonti, poi a un certo punto gli successe qualcosa. Improvvisamente, tornato dalla caccia e messosi a sbranare da solo una coscia di brontosauro nano sentì una necessità impellente. Un bisogno incontenibile. Un'urgente voglia di donna. Di femmina. Ma mica per soddisfare un impulso sessuale. Tutt'altro. Per un desiderio che partiva da più in alto. Dallo stomaco. L'uomo primitivo cercò una femmina sapete perché? Perché gli preparasse il contorno. Due patate alla brace, una palletta di erbette, qualche asparago alla piastra. Fu il suo tratto digerente a richiedere la presenza femminile. E una fisiologica mancanza di fibre e vitamine a decretare l'unione tra lui e l'altro sesso. Dall'esigenza del contorno nacque la convivenza. I trattati di evoluzione non ne parlano ma io sono sicura che deve essere andata proprio così.

P.S.: Poi l'uomo non sazio chiese alla donna di procurarsi la frutta. Lei staccò una mela dall'albero... e il resto è storia nota.

Il rotolo finito della carta igienica

Peccato che l'impollinazione non sia contemplata nelle abitudini sessuali della nostra specie. Sarebbe fantastico. Noi qui col nostro bocciolo, loro lì con i rispettivi pistilli, ciascuno nella propria aiuola e fanno tutto le api. E invece no. Sempre lì a pestarci gli alluci. L'uomo del mio destino ha un'abitudine che lo ammazzerei con le mie mani non fosse che pesa otto volte me. Quando deve riavvitare la caffettiera la stringe fino allo spasimo. La lucchetta in una morsa diabolica. Potesse ci piazzerebbe sopra anche i sigilli di ceralacca. E se io decido di farmi un caffè per riaprirla devo prenderla a morsi o chiamare i vigili del fuoco. Tanto svitarla per lui... tric, è un attimo. E che ci vuole? Ci vuole che ti odio. Ci vogliono dei bicipiti come i tuoi, esondato nel cranio! Stessa cosa per il freno a mano. Tira che ti ritira prima o poi si staccherà. Prego il cielo ogni giorno. E poi cosa metti il freno a mano a fare? Abitassimo a Salice d'Ulzio lo capirei. Ma via Juvarra è tutta in piano. Non posso passare le mattine a prendere a roncolate la leva del freno col tacco dello stivale che è di gomma e mi rimbalza sul naso. Per quanto tempo ancora dovrò chiedere aiuto ai passanti che già da anni si erano fatti l'idea che fossi deficiente e in questo caso ne hanno la conferma? E poi ditemi. I vostri boy come sparecchiano? Il mio, che è un pirla praticante, con la tecnica del discobolo. A lancio. Tutto si tira e tutto si distrugge. Si butta in frigo a caso, a mosca cieca. Così la mozzarella finisce nel portauovo, il prosciutto nel cassetto della verdura e la pentola della minestra, visto che scagliarla è un po' un azzardo, la si appoggia in bilico su due mandarini. Un raro caso di minestra basculante. E lo strazio della lavastoviglie? Il maschio per sua natura aborre il caricamento della lavapiatti. Proprio non ce la fa. Troppo complicato. D'altra parte è molto complesso arrivare con la mente a immaginare che il manico della padella messo così di punta impedisce alle pale di girare. E che magari prima che si intasi il tubo di scarico togliere dai piatti le pelli del cotechino, le lische di triglia e le bucce pelose dei kiwi è meglio. Mi pesa aprire la questione «rotolo finito della carta igienica» ma il dovere della denuncia mi chiama. Quanto deve passare prima che il nostro lui se ne accorga? Il tubetto di cartone grigio topo pelato è un segno che la vita ci lascia lì sul nostro cammino. Non vorrà forse dire che è giunto il momento di sostituirlo? Ma l'amore della vita nostra non ci pensa nemmeno. Quello è un lavoro da femmina. Lui in bagno ha ben altro da fare: per esempio leggere sulle pagine rosa la cronaca dello stiramento di Del Piero minuto per minuto.

[annotazioni a margine: fly, blind, dish-washer, way]

[annotazioni a piè di pagina:
mosca barba = goatee beard.
strazio = agony
cronaca = chronicle
" di giornale = news
cronaca nera = crime news.]

Mi è sparito il punto G

È successo il finimondo. La solita Molly. L'incubo dei giorni più lieti. Da qualche giorno è isterica perché non trova più il suo punto G. Sparito. Dopo anni di assalti, assidue frequentazioni ed estasi sessuali si è dileguato senza lasciare tracce. Nessuna avvisaglia. Nessun piccolo segnale che potesse metterla in allarme. Svanito. Così, dalla sera alla mattina. E ora al suo posto un vuoto incolmabile. Quante soddisfazioni. Quanti bei ricordi... Si faceva sentire con uno zelo... Va' a sapere dove l'ho perso, mi ha detto singhiozzando. In nome del cielo, Molly. Non puoi averlo perso. Il punto G non è mica un portafoglio. Non è che ti scivola dalla borsetta o te lo sgraffignano sul tram. Cerca bene. Magari si è solo spostato un po'. Si è trasferito di qualche centimetro per stare più tranquillo. Per avere un briciolo di pace. Son 40 anni a luglio che lo tormenti. Tu e la tua mania della copulatio precox. Si sarà preso un periodo di ferie. Molly sessualmente è sempre stata molto generosa. È una vera donna di Neanderthal, bestiale e primitiva, che fa l'amore e spacca le palle con la stessa energia. Dice che ha un seno furfante, uno sguardo d'acciaio e un culo di piombo, è per questo che gli uomini la desiderano. E lei contraccambia. Elargisce le sue grazie con veemenza. Adesso poi è proprio un periodo che gli uomini le saltano addosso come le cavallette. Sai quando in estate ti fai una passeggiata per i prati, quelli con l'erba già tagliata, un po' secchina, e a ogni passo frttt... frtttt... frtttt... balzano via a decine grilli, locuste e cavallette...? Be' con Molly succede lo stesso. Che si spinga nella Torino beach, quella dei Murazzi, o nella Taurinorum downtown di piazza Emanuele Filiberto, è tutta una nuvola di maschietti che le saltano attorno. Forse è perché va in giro praticamente nuda, dispensando sorrisi da candidato sindaco. Sembra Barbie Caraibi. Le manca solo la tavola da surf sotto l'ascella. E poi si profuma. Ma tantissimo. Mica due gocce di Chanel dietro le orecchie come faceva Marilyn. Una cisterna di essenza di vaniglia che quando ti passa vicino hai come la sensazione che ti sfiori una Saint-Honoré. Molly li ama proprio gli uomini. Uno per uno e tutti indistintamente. Ama il maschio come l'asino ama le bastonate sul muso. Per lei andare a letto con qualcuno in fondo è un gesto di solidarietà sociale. Un'azione quasi di volontariato. È brutto dire di no. Poi magari ci rimangono male. Per me è un attimo, mi ripete, per chi me la chiede a volte è la salvezza. Non sai quanti uomini hanno bisogno. Certo, sei una missionaria Molly. Piantala con la tua morale, ha mugugnato. Tu ce l'hai il punto G? Certo che ce l'ho, mia cara. Avanti in alto. E a differenza del tuo, non si è mai mosso. Ma è un g minuscolo. Io, Molly, non c'ho il fisico. Sono tutta anima, baby.

L'indice di virilità

Ci vuole calma, Molly. Calma e sangue freddo, come dice quello là. «La fai facile tu. Guarda che faccia.» Ma se sei un fiore. «Sono un cardo gobbo.» Fidanzati? «Nisba. Ho gli ormoni in letargo.» Ma non sei stata a Carrù? Non l'hai trovato un tocco di bue grasso da far bollire nel tuo brodo? «Macché.» Vedrai che adesso che hanno scovato il punto L per i maschi sarà tutta un'altra vita. «Il punto L? Cos'è? Una nuova tecnica di ricamo?» No, niente a che vedere col punto croce, il punto erba e il mezzo punto. Il punto L fa il paio col punto G. Zone super erogene, per intenderci. Il punto G l'aveva scovato un ginecologo tedesco che di nome faceva Grafemberg. «Grafemberg? Mi sembra più il nome di un Emmenthal. Che ne sapeva lui, che era un maschio, di quale fosse il punto di maggior piacere in una donna?» Infatti. Forse era solo un mitomane che credeva di far impazzire le femmine a letto sfiorandole sempre nello stesso punto. Magari loro gridavano per il solletico. O erano sospironi di noia. Comunque pare che i nostri cichi latini, in fatto di giri di lenzuola, se la cavino benino. Pensa che invece in America il 30% dei maschi ha problemi. «Te credo. Mangiano come orchi. Hanno una sbudrega dell'accidenti. Hanno problemi perché non se lo trovano più.» Molly doveva fare la sessuologa. E vogliamo parlare di misure? Parliamone. Diciamolo una volta per tutte. Le misure nella vita contano. Eccome. Se compri un paio di mocassini di due misure più piccoli del tuo piede non li infili, non ti stanno. «Se ti compri un jeans taglia 44 e tu porti la 38 ti cade, ti scivola giù.» Se ti metti un cappello stretto non ti entra e troppo largo ti scende sugli occhi. Altroché se la misura conta. Vero è che non c'è una misura giusta in assoluto, ma una giusta per ciascuno. È come per gli abiti. «Allora l'ideale sarebbe la sartoria. Il vestito su misura.» Sì però quando si tratta di uomini uno deve rassegnarsi alla grande distribuzione. «Giusto. Provare e riprovare.» Finché un po' per celia e un po' per non morire si trova quello non dico che ti sta perfetto ma almeno non fa troppo difetto. E senti questa chicca. I sessuologi hanno detto che statisticamente c'è una relazione tra l'organo maschile e l'indice della mano destra. «Quindi il pisello dei maschi è proporzionato al dito indice? Misericordia. Lo sapevo. Io la prima cosa che guardo in un uomo sono le mani. Allora in base a questo ragionamento ET è meglio di Rocco Siffredi. Ecco perché ET era un alieno. Due mesi fa mio cugino Rodolfo si è tagliato l'indice. Vuoi dire che deve cambiare sesso?» Non fate i furbetti, cari i miei maschietti. Già vi vedo buttare uno sguardo furtivo al vostro indice e magari pensare: «Corto è corto. Da domani mi faccio crescere l'unghia e se qualcuno mi chiede dico che sono un chitarrista di flamenco».

Meglio di lui

Nel purgatorio della convivenza il litigio è da sempre una delle attività più gettonate. Ogni tanto la furia degli elementi si scatena e partono delle buriane che rintronano i vicini di casa a due isolati di distanza. Zuffe forsennate in cui ci si carica di miserie che si concludono con commiati del tipo: Vai, va'... brucia nel vento! Oppure: Ma perché non vai a dar via qualcosa di tuo?... Qualche coppia si inventa anche insulti più coloriti. Come Molly che l'ultima volta ha congedato il suo cico latino con queste dolci parole: «Ma càgati in mano e poi prenditi a sberle». La solita duchessa di Windsurf. Chiedo scusa alle anime candide ma per dovere di cronaca ho dovuto riportare la citazione. Talvolta però si evita la schermaglia verbale, si fa l'occhio spento e il viso di cemento, e si pratica la vendetta silenziosa. Quella dei piccoli dispetti. Delle tacite rivalse. Lui è andato a giocare a calcetto per la quarta volta in una settimana? Molto bene. E io domattina gli lascio la macchina in riserva fissa così impara a mollarmi a casa tutte le sere a guardare Vespa. Lui mi sgrida quando con la forchetta seleziono l'insalata mista e gli mangio tutta la mozzarella? Perfetto. Io per dispetto gli preparo il caffè ma glielo metto nella tazzina piccola, quella che lui odia, perché non gli ci entra il naso e fa fatica a bere. Lui stasera di nascosto si è

23

finito l'ultima fetta di crostata di mirtilli che mi ero conservata per la colazione di domani? C'est magnifique. Aspetto che vada a letto, che si addormenti, e poi lo raggiungo cantando a squarciagola «Siamo noi, siamo noi, i campioni dell'Italia siamo noi» possibilmente accendendo la luce. In questi casi è molto facile che riscatti la rissa verbale. E nell'abisso di ripicche la frase più ripetuta è sempre la stessa: «Non ti piaccio? Non ti vado bene? Allora lasciami. Lasciami pure. Tanto cosa c'è meglio di me?» Pensateci un attimo: COSA C'È MEGLIO DI LUI? Ve lo dico io. Meglio di lui c'è un'alluvione di cose. Eccovi un elenco completo: le foglie di salvia fritte con la pastella e il ripieno di alici sono meglio di lui, tutti i dischi degli Oasis e tutti i libri di Pennac e poi l'aulin quando c'hai mal di testa, le ciabatte di pail dopo una giornata di tacchi alti, la liquirizia purissima e l'essenza di violetta, l'ultimo strappo di ceretta, l'apertura di tutti i chakra da parte di uno che lo sa fare, le maglie dolcevita quando c'hai il mal di gola e gli occhiali da sole quando c'hai l'orzaiolo, il profumino d'arrosto che si sente su per le scale, la fettina d'arancia che sta al fondo dell'aperitivo, le rose antiche della regina Vittoria e la faccia di Robbie Williams. Ecco cosa c'è meglio di lui. E vi pare poco...?

Gli uomini in bagno

Esigo spiegazioni. Che qualcuno mi illumini. Squarci quel velo che mi ottunde il cervello e mi impedisce di capire. Perché gli uomini quando vanno in bagno a fare, ci stanno delle ore? Delle mezze giornate? E perché alle donne invece bastano pochi minuti? Eppure, anatomicamente parlando, mi pare che siamo fatti più o meno nello stesso modo, intestino, vescica e quant'altro. Allora come è possibile che tu, buon uomo, in bagno ci stia minimo 3 quarti d'ora? Ma cosa fai? «Penso.» Non ci posso credere. Non pensi per tutta la giornata e lo fai al cesso? Chissà che bei pensieri che ti vengono, lì seduto coi pantaloni calati alle caviglie. E poi: metti che pensi per 10 minuti, perché conoscendoti è il massimo dello sforzo che ti puoi concedere, e il resto del tempo? «Leggo.» Ma non è scomodo, amore mio destrutturato nel cranio? C'abbiamo un salotto in alcantara che ci è costato un occhio della testa, una poltrona di velluto a coste che è una meraviglia, persino un futon a due piazze con pagliericcio naturale e tu leggi sul water? Appoggiato a un'asse bucata, di plastica dura, che poi ti alzi e ti rimane il segno della ciambella? Ma non sarà che sei deficiente? Il marito della mia amica Laura ha letto tutto il libro di Faletti al cesso. Son quasi 700 pagine. E la miseranda doveva andare a far pipì dalla vicina del piano di sopra. Walter mi ha spiegato che se quando va in bagno non legge qualcosa, proprio non riesce a produrre. Gli basta una lettura qualsiasi, le etichette del bagnoschiuma, per esempio. A furia di coltivare questa pratica ormai sa a memoria tutti i numeri verdi-reclami delle scatole dei detersivi. Marisa mi ha fatto una confidenza. Sottovoce: «Pensa che mio marito, al cesso, a volte si porta persino la chitarra... ma non dirlo a nessuno». Figurati, Marisa. Tra l'altro un gabinetto è pur sempre un gabinetto. Uno spazio angusto. Non è che ci respiri l'arietta di un bosco di conifere. Anzi. All'uscita tocca aspettare un lasso di tempo considerevole per la decompressione dell'abitacolo. Dopo l'espulsione delle scorie sopraggiunge il momento della doccia. Altro cerimoniale che richiede molto, moltissimo tempo. Perché l'uomo non sta sotto la doccia per lavarsi. No. Sta lì perché lo fa godere la sensazione della pioggerellina tiepida che gli accarezza quella sua bella testa piena di polistirolo. E l'acqua calda scorre e va, e va e scorre, e soprattutto finisce. E sai quando? Nel momento esatto in cui tu, compagna, amica, moglie o amante, decidi di farti una doccia. E ti ritrovi costretta a cacciarti sotto un sottilissimo rivoletto di acqua. Completamente ghiacciata.

Tapparella: su o giù

Non so i vostri, ma il mio muciacio è un grande esperto in lavoretti di manovalanza artigianale. Se hai una serratura che ogni tanto si ingrippa lui non se lo fa dire due volte. Si mette lì, col cacciavitino, e pian piano te la spacca. La guasta definitivamente. Così non hai più dubbi. Funzionerà o non funzionerà? Non funzionerà. Risposta esatta. Allegriaaa! Se il rubinetto perde, ma neanche tanto, ed è un tic tic sopportabilissimo per un sano di mente, ci pensa lui. Per una buona mezz'ora ravana a pancia all'aria come fanno i gatti col gomitolo, poi quando la cucina si è ridotta a una palude di Comacchio e ti ritrovi le rane nei risvolti dei jeans e i lombrichi sul golf allora ha la brillantissima idea di chiamare un idraulico. Se la vasca dello sciacquone tutte le volte per ricaricarsi fischia l'inno alla gioia di Beethoven, interviene lui. Prima appronta un gioco di galleggianti, boe e carrucole di sostegno fissandole al portaspazzolino del lavabo e poi quando tutto crolla miseramente precipitando nel water ti rassicura che gli sciacquoni han quel carattere lì. Son allegri e ogni tanto fischiano ma prima o poi smettono da soli. Basta sperare. Fare il calcolo delle probabilità. Stessa teoria del maestro Do Nascimento. Però l'uomo è cacciatore. E allora. Non ti chiedo di catturare un'antilope o di partire per una battuta di caccia alla volpe. Però se è entrato dal balconcino uno scarafaggio per cortesia almeno schiaccialo tu. «No, mi fa schifo.» Certo, perché a me fa piacere ballare il tip tap sulla schiena di uno scarafone. Ho fatto un corso apposta. Anzi. Combinazione faccio il saggio proprio questa sera, se vuoi ti do un biglietto omaggio. Appurato il fatto che su di lui non possiamo assolutamente contare rimane ancora una questione da risolvere. La vecchia diatriba delle tapparelle. Lui la notte le vuole completamente giù e noi leggermente su. Lui pretende di dormire nel buio assoluto, in una selva oscura, avvolto nella carta carbone con le finestre blindate. Noi no. Noi abbiamo bisogno di un filo di luce come le falene. Ci basta anche solo una riga di tapparella. Meglio se due. Il massimo sarebbe tre. Così se di notte ci scappa la pipì non siamo costrette a distruggerci i malleoli contro gli spigoli del cassettone, inciampando nelle sue stramaledette scarpe da ginnastica che lascia in giro per la stanza. Che tra l'altro son grosse come motoscafi della guardia di finanza. E poi noi di notte abbiamo freddo e loro hanno caldo. E te credo. Il mio boy viene a letto vestito come un alpino. Foderato di felpa dalla testa ai piedi. Gli mancan solo la borraccia e il cappello con la piuma.

Elettrointelligenti

Gli uomini in casa sono come i peli in bocca: danno noia. È vero che l'inaffidabilità dei consorti è risaputa, ma ci sono volte che riescono persino a stupirci. Fanno più veloci a sciogliersi i ghiacci perenni del Kilimangiaro che i mariti a imparare a piegare le lenzuola. L'altra sera il mio Godzilla per cucinare la pastasciutta ha utilizzato ben 7 pentole. È stato subito record. La notte ho sognato che mi cresceva il carapace sulla schiena come alle tartarughe Ninja. Insomma: *Na fumna en ca' a l'ha mai finì*, una donna in casa non ha mai finito. È per quello che col tempo a noi bei donnini ci è presa la mania dell'elettrodomestico. Che è sempre più intelligente. Peccato che noi siamo sempre più deficienti e quindi si pone un problema di incomunicabilità insanabile. Molly, che è la più grande divoratrice di pizza margherita dell'emisfero boreale, si è comprata un'affettatrice lunga come una canoa biposto e persino un paiolo elettrico per la polenta. Che per altro non le piace. Ci sono innovazioni tecnologiche che io apprezzo. Le candele elettriche in chiesa, per esempio, i contachilometri nelle scarpe da ginnastica e anche le stelline fosforescenti da appiccicare al soffitto. Basta. Non me ne vengono in mente altre. L'altro giorno mi è piombata in casa un'erinni in minigonna che voleva a tutti i costi convincermi che la mia vita non aveva più senso senza il suo aspirapolvere. Prima mi ha sparato sotto il naso l'ingrandimento a un miliardo di pixel di un acaro e poi la fanatica ha continuato: «Ma lei lo sa quanti milioni di acari ci sono nel suo tappeto?». Guardi signora, nella mia esistenza mi sono fatta tante domande, chi siamo? da dove veniamo? dove andiamo? ma di quante migliaia di orribili parassiti ci siano nel mio kilim francamente non me ne è mai fregato moltissimo. Sono una miserabile con scopa elettrica. Polvere siamo e polvere ritorneremo. Il suo aspirapolvere turbopompa con turboelica e turbocisterna è bellissimo. Ma se devo tirare fuori dal portafoglio un turboassegno di 2000 euro mi turbo anch'io. Se n'è andata incarognita, con la minigonna che dall'attrito le era salita al livello delle tonsille. Da qualche anno va di moda anche un superfrullatore che non è solo intelligente. È proprio l'Einstein dei frullatori. Trita, frulla, frigge, cuoce, monta, sbatte, mischia, spezza e quando ha finito canta persino. È montato sul motore di una Panda e costa più o meno uguale. Se lo compri ti regalano persino il libretto di ricette. Per fare 3 biscotti ci vogliono 3 dozzine di uova e 2 etti di burro. Ma vengono buonissimi. Il mio amico Augusto che lo detiene da anni trova difetti alla moglie ma non al frullatore. Adesso noi aristogatte aspettiamo un nuovo modello. Quello che mentre cucina fa anche l'amore con il marito. Così noi ci possiamo guardare in pace un po' di tv.

Rumori modesti

Autunno. Sarebbe tempo di migrare. Far le valigie e come i rondinoni veleggiare verso paesi più caldi. E invece ci tocca barcamenarci qui, sotto questo cielo fané, tra le foglie secche che nascondono le cacche di cane e le malinconie pesanti come trapunte. E basta con quelli che dicono: «Eh ma i colori dell'autunno, però...». Eh ma i colori dell'autunno però una mazza. Saranno belli nelle Langhe. Deliziosi nel Chianti. Mozzafiato sulla Sila. Ma non qui a Torino, nelle nostre piazze devastate, alle fermate provvisorie dei bus, e nei cortili pieni di macchine. Fortuna che in questo autunno grigetto un paio di raggi di sole ci arrivano dal Giappone. Due invenzioni che cambieranno la vita della donna in maniera radicale. La prima. L'uomo cuscino. Destinato alle donne single. Che sarebbe un cuscino che ha la forma di braccio di maschio dove il bel donnino può incastrare la testa lasciandosi avvolgere da un caldo abbraccio di piume d'oca. Mica male. Di sicuro più comodo di un braccio vero. Perché ammettiamolo: se il tuo boy è ossuto, dormire sul suo omero ti dà un po' la sensazione di appoggiare la mandibola su un ramo secco di castagno, altrimenti, se è forte e muscoloso, di adagiare il cranio su un pezzo di marmo di Carrara. Poi comunque rannicchiarsi sul braccio del consorte, in quella nicchietta bollente, è bello per 2 minuti. 3 massimo. Al quarto minuto però basta. Basta perché tu sei anchilosata e a lui gli si è cagliato il sangue nelle vene, gli è venuto il braccio blu marin e per cacciar via la calata delle formiche deve sbatterlo contro l'armadio a muro a più riprese. Seconda genialata. I giapu hanno inventato il water sonoro cioè munito di un dispositivo automatico che copre il rumore della pipì con un'allegra canzoncina. Bravi. Perché noi donne, che abbiamo l'animo da principesse, un po' questo problema lo sentiamo vivo. Gli uomini non ci pensano. Loro vanno a far pipì e se ne fregano. Aprono le cateratte del Niagara e scatenano l'uragano Jeanne. A noi invece ruga far rumore quando facciamo pipì, soprattutto se c'è il nostro lui nei dintorni. E così ci arrovelliamo il cervello per escogitare i peggio stratagemmi per far la piscia silente. Come se non scendesse acqua ma farina. Fttt... Ma non è facile care mie. Un trucco è evitare di far pipì al centro ma optare per il bordo. Strategia complessa vista l'anatomia poco mobile che ci impedisce di direzionare il getto. Oppure coprire il rumore molesto aprendo tutti i rubinetti possibili, compreso quello della doccia della vicina di casa. Altra idea è far pipì con delle pause. Pipipi... silenzio. Pipipi... silenzio. Tanto che lui pensa: Ma cos'è 'sto rumore? Pipipi... è partito un antifurto? Pipipi... sarà mica il timer del microonde? Pipipi... piove a tratti? Pipipi... c'è un pulcino sotto il letto? Roba da tirarlo scemo. Che non è tanto il caso vista l'aria che tira.

Cosa fa battere il cuore agli uomini?
Il pacemaker

È proprio vero. I fidanzati sono come i tram. O non arrivano mai o ne arrivano tre tutti insieme. E alla fine non sai a chi attaccarti. Anche Cindy, dopo anni di «bocce ferme», adesso c'ha per le mani un bel tris di fanti. Forse sceglierà quello di denari. I fiori appassiscono e i cuori si infrangono, mi ha detto. I denari se li investi bene si moltiplicano. Ha fatto cinque anni in uno di ragioneria... le è rimasto il tarlo dell'investimento. Molly invece va avanti a manciate di optalidon e gira in tondo come le mosche. Anzi sembra una di quelle farfalle che si cacciano a tutta velocità nei neon blu delle pizzerie all'aperto. E poi zoootttt, si bruciacchiano le ali. A volte strepita tanto che le ci vuole la museruola. «Possibile che non trovi uno straccio di pirata che voglia dividere con me il suo gozzo? Possibile che non trovi un bovino fassone adulto in cerca di compagnia? Cosa chiedo di strano? Un bipede etero qualunque, un portatore sano di pene in senso fisico e non spirituale, diamine! Te lo dico io: Ormai l'unica cosa che fa battere il cuore agli uomini non sono le donne. Sono i pacemaker!» Fa' così Molly. Ti scarica addosso 20 megabyte di paranoia e poi se ne va lasciandoti intasata la memoria. La capisco. È stata mollata da pochissimo. Il suo penultimo boy, un organismo monocellulare ad altissimo tasso di testosterone, l'ha lasciata improvvisamente per una fata muccona cento per cento silicone. Il lemure si è innamorato perso di una di quelle femmine che arrancano dietro agli anni per non farli passare. Una di quelle seppie sempre alla moda che sono fighe solo viste da dietro... Il genere: dietro liceo davanti museo, per intenderci. Sempre sorridente perché paralizzata dal botox. Simpatica e piacevole come la peste suina. Cosa fa di mestiere? Stringe tutto il giorno le natiche. Che è già un bel lavoro. Per il resto intrattiene pubbliche relazioni, avendo fatto un quarto d'ora di liceo classico. All'ultimissima fiamma invece è stata la Molly medesima a dare il benservito. Non era male come tipo. Un po' miope. Pare ci vedesse solo da un occhio come i ciclopi. A letto però un flagello. Un cinghiale inselvatichito. Molly mi ha confidato che non sapeva toccarle le tette. Non c'era verso. Gliele schiacciava, le pigiava, gliele appiattiva. Andare a letto con lui era come fare una mammografia. Stesse piacevoli sensazioni. Amare vuol dire non dover mai dire mi dispiace. Infatti. Quello non le chiedeva neanche scusa.

L'unica ragione per sposarsi

Santo cielo che sgomento. L'altro giorno una mia amica mi chiede: «Ci sei il 20 agosto?». E io: «Mah, non saprei, può essere che sia ancora in vacanza...». E lei: «No, ma non di quest'anno. Dell'anno prossimo. Sai, perché mi sposo». Minchia. E me lo chiedi un anno prima? «Be', i preparativi son lunghi...» Ma neanche Sanremo Pippo lo prepara con tanto anticipo. Mamma mia. La lista nozze da Bulgari, la balilla, lo strascico e l'organista in chiesa che suona l'Ave Maria di Gounod. Non credo proprio. Innanzitutto non me la sento di giurare di amare per tutta la vita lo stesso uomo. Lo spero, questo sì. Ma come faccio a saperlo. E poi giurare davanti a LUI. Che non è mica uno qualsiasi. LUI mi legge negli occhi e nel cuore. E lo sa, perché mi conosce come le sue tasche, che non ci credo alla fedeltà. Ma il mio boy pressa. «Sposiamoci.» Ma perché? «Per essere una famiglia.» Ma lo siamo già. «Perché ti amo.» Pure io, che c'entra. «Per la reversibilità della pensione.» Che bella prospettiva di vita. «E allora andiamo sul frivolo... Per l'addio al celibato con strip e lap dance.» Ma che tristezza. «Perché così ti metti l'abito bianco.» L'ho già messo nel film di Aldogiovanniegiacomo. «Per il viaggio di nozze a Palma di Maiorca.» Piuttosto mi iscrivo all'Isola dei famosi. No grazie. C'è un solo motivo vero. Un'unica ragione.

Io lo sposerei soltanto per sapere come qualificarlo e qualificarmi di fronte al mondo. Chi è lui? Lui??! È mio MARITO. E io chi sono? Io??! Sono sua MOGLIE. Ohhhh. Che soddisfazione. Invece adesso è un disastro. Sono stufa. Non so mai come presentarlo. Come lo chiamo? Il mio partner? Quella parola lì, partner, la usano solo i ginecologi. Anzi. I ginecologi, Morelli a Buona domenica e Crepet a Porta a Porta. Il mio fidanzato? Fuori tempo massimo. Il fidanzamento, per sua natura, non può durare decenni. Allora il mio ragazzo. Ma come si fa. Il mio ragazzo è un'espressione che usavo alle medie. Adesso galoppiamo verso i 40. Dovrei dire il mio uomo. Bleah... Il mio uomo lo usa solo Carmen Russo quando parla di Truciolo. Forse compagno. Il mio compagno. Peccato che abbiamo finito le superiori un secolo fa. E poi compagno c'ha anche una valenza politica. Roba da girotondi. Dovrei come minimo mettermi con Fassino. Il mio lui? La mia lei? Tutto l'amore in un misero pronome? Meschino. La mia metà? Per me è impossibile. È esattamente il mio doppio. Gli manca poco per essere il mio triplo. Guarda. Forse un giorno lo sposerò a Las Vegas. Matrimonio valido solo per lo stato del Nevada. Vado lì, lo sposo e quando torno non sono sposata. Tutto come in un brutto sogno. Così si leva il pallino. Per tutta la vita lui il mio maschio dominante e io la sua fata ignorante. Ma solo in Nevada.

Chi porta giù la spazzatura?

Ammappete. Clotilde e Nello sono ai ferri corti. Colpa mia. L'altra sera a cena si discuteva di politica. Animatamente. E io reginetta del turpiloquio ho fatto la mia solita cagnara. Ho esordito con un «Ma minchia...», giusto per non smentirmi mai, e poi ho proseguito: «Sono stufa di accontentarmi del "meno peggio". Meno peggio in politica, meno peggio sul lavoro, meno peggio nelle relazioni... Ma basta. Io voglio il meglio. Io voglio puntare alto...». E Nello: «Fai male. Perché ti illudi. Ogni scelta che facciamo nella vita in fondo è un tentativo di evitare il peggio. Il segreto per vivere felici è accontentarsi. Scegliere il meno peggio. Sul lavoro. Tra gli amici. Persino nel rapporto di coppia». A queste parole Clotilde che stava strafogandosi di gamberacci al curry con contorno di frutti di tutti i mari ha avuto un singulto. Sglurg. Uno sbalzo di pressione. E coi capelli a nido di condor, sventolando il tovagliolo ha ruggito. «Ah, bene, e quindi io per te sarei il meno peggio?» Nello si è avvicinato, ha appoggiato il naso al suo, l'ha guardata fissa negli occhi, e dopo una lunga e trepidante pausa le ha sussurrato: «No, Clotilde. TU SEI IL PEGGIO. Sei proprio il peggio che possa capitare a un uomo». È finita con lei che gli buttava in faccia un guscio di ostrica e usciva dal locale piangendo come la Canale. Accidenti. Quei due sono convolati meno di un anno fa. Glielo avevo detto a Clotilde. Tu sposati e vedrai cose che voi umani non potete neanche immaginare. Nello è pesantino. In più è uno di quelli che si vantano di dire sempre quello che pensano. «Ah io guarda. Dico sempre quello che penso.» Infatti Nello. Peccato che pensi solo cazzate. E quindi sarebbe tanto meglio che te le tenessi per te. E non le sventagliassi gratis ai quattro venti. Clotilde pensava che il bello della convivenza fosse soprattutto l'opportunità di dividere le fatiche. «Un giorno la spazzatura la porterò sotto io e un giorno lui.» Sì ciao, scendi dal pero. La porterai sempre tu e peserà il doppio. Niente. Non mi credeva. E poi il tracollo. Lui da fidanzato era un appassionato d'arte. Musei, teatri, cinema, mostre... non se ne risparmiavano uno. Da quando si sono sposati escono solo il fine settimana e solo per mangiare. Si son fatti il Maggio formaggio, la fiera della tinca di Ceresole d'Alba, il Cis di Bra, il festival della polenta taragna della Valtellina, la fagiolata di Bosconero e hanno già prenotato per la fiera del tartufo. Da intellettuale a verro. Rassegnati, le ho detto. Gli uomini son così. Il mio fidanzato l'altro giorno è venuto a prendermi in moto. «Sali, che ti porto a fare la panoramica» mi ha detto. 5 minuti dopo ero dal radiologo con le fauci aperte. L'ho fatta dell'arcata inferiore e già che c'ero anche di quella superiore.

Codici di coppia

Le coppie che vivono insieme da tanti anni un po' questo problema ce l'hanno. La vita è frenetica, la famiglia è un concentrato di guai, il lavoro una babele di rogne, fisicamente ci si tiene insieme con la sparapunti, la passione col tempo si è diluita e non è che tutte le sere quando si va a letto ci si salta sulle piume come si faceva un tempo. Anzi. Si preferisce sprofondare nel permaflex in uno stato pericolosamente vicino al coma. Però nonostante l'intontimento sentimentale talvolta gli ormoni gridano vendetta al cospetto del cielo. E allora come si fa a trovare un modo chiaro e nello stesso tempo delicato per dire: «Cara moglie o caro marito stasera ho voglia di fare l'amore con te?». Non è che si può essere così espliciti. Scriverlo sulla testiera del letto come un titolo di una puntata di Vespa... E allora si elaborano codici, segnali diversi per ogni coppia. Escludiamo subito quelli che fanno l'amore solo in giorni prestabiliti. Ho fatto una piccola inchiesta. I calciatori amoreggiano il lunedì. Perché giocano la domenica. I parrucchieri la domenica perché chiudono il negozio il lunedì. I bancari il sabato. I panettieri il mercoledì pomeriggio. Dalle tre alle cinque. Non un minuto di più. Devo dire che quanto a segnali, comunque, i maschi son più chiari. Alcuni te lo fanno capire spegnendo la televisione. Semplice ed efficace: non guardo Costanzo quindi vuol dire che ho in mente qualcosa. Il mio amico Sandro, invece, siccome non ce la fa proprio a spegnere la tv, sintonizza i canali sulle aste. L'asta è un programma che non richiede coinvolgimento, annoia e quindi porta alla ricerca di passatempi più gratificanti. E rimane comunque un piacevole sottofondo. Ettore invece ha escogitato un altro segnale. Quando si sente un torero in cerca di compagnia, sposta il posacenere sul comodino, come dire: ho intenzione di fumarmi una bella sigaretta e tu, mia cara, sai quando. Molly mi ha confessato che al suo gorilla quando partono gli ormoni gli si abbassa la voce. Almeno di un'ottava. Gli viene la parlata di Sandro Ciotti. E a lei fa più paura che sesso. Al marito di Miranda si modifica lo sguardo. Smette di guardarti negli occhi e vede solo a 45 gradi, ad angolo acuto. Boris, che non è certo Mister Preliminari, quando vuol far l'amore con la sua bella abbassa il ribaltabile a scatto dell'auto e lei, effettivamente, non può non capire. Anche noi tortorelle un segnale prediletto ce l'abbiamo. Quando ci viene voglia di un lieto fine, mostriamo il retrotreno. Come? Per esempio chinandoci continuamente a raccogliere. Nella vita c'è sempre qualcosa che cade... Una volta si raccoglieva con la minigonna, adesso col jeans a vita bassa e il tanga che sbuca.

Ranuncoli di plastica

Elvira è avvilita. Teme che il suo matrimonio sia ormai da rottamare. Ettore non è mai stato un uomo capace di grandi afflati romantici, né un vulcano di passione sempre in attività. Nessun amore forsennato. Piuttosto un sentimento docile. Un mite trasporto. Ettore è uno da pullover grigio scatola da scarpe e calzone di vigogna col risvolto. Non puoi certo aspettarti di vederlo ballare il flamenco sul tavolo del cucinino a torso nudo, con la bandana e una rosa tra le fauci come Joaquin Cortés. Però adesso, dopo ben 4 anni di matrimonio, ha raggiunto il classico stadio dell'intontimento sentimentale. Della abulia appassionata. Ha la verve di un'attinia. Forse sente il peso degli anni e anche dei chili. Dire che è diventato grasso non è esatto. Diciamo che si è ispessito. Non è più un uomo. È un muro portante. Volendo abbatterlo devi proprio fare domanda al catasto. Anche il livello di testosterone si è abbassato ulteriormente e ridotto proprio al minimo sindacale. E così Elvira, dopo mesi di autocombustione, l'altra sera a cena, buttando pigramente le palline di pasta reale nel brodo del consommé gli ha detto con nonchalance: «Perché non doni i tuoi testicoli alla scienza?... tanto per quel che ti servono. Mi sembra di stare con mio bisnonno. Guarda, caro mio, che se non la smetti di darmi per scontata mi cercherò un amante. D'altronde hai fatto per anni il bue nel presepe vivente della parrocchia... sei abituato a tenerti le corna sulla testa». Apriti cielo. Si è scatenata una buriana dell'accidenti. Meno male. Almeno si è scatenato qualcosa. E ovviamente è partita la stura delle recriminazioni. «Tu non mi regali mai dei fiori», gli ha detto Elvira. E lui: «Non è vero. Una volta te li ho portati». «Certo, un mazzo di ranuncoli di plastica.» «Be', perché almeno non appassivano.» «Tu non mi mandi mai messaggini d'amore al telefonino» lo ha rimbrottato ancora lei. «Ti sbagli» ha detto lui «te ne ho mandati due.» «Infatti. In uno c'era scritto: compra due petti di pollo.» «E nell'altro?» «Pure. Avevi schiacciato due volte invio.» «Ti sei addirittura tolto la fede» ha ripreso lei. E lui: «Non sopporto il ristagno del sapone nella scanalatura dell'anello». Insomma. Così vicini così lontani. Da qualche giorno sono cominciate le manovre di riavvicinamento. Lei ha rispolverato i ranuncoli di moplen e lui l'altra sera, prima di andare a letto, ha messo su un disco. Per creare l'atmosfera. Non proprio adattissimo, visto che era il coro dell'Armata Rossa. L'indomani ho chiesto a Elvira com'è stato. «Impegnativo» mi ha risposto. «Mi è sembrato di fare l'amore con un esercito di cosacchi che mi saltavano sul materasso.»

I love you s.q.

Credo che l'unica soluzione sia trasferirsi in America. Magari a New York che in fondo è un posticino di mare tranquillo. Almeno lì si dice pane al pane e vino al vino. Bread to bread e wine to wine. Non come qui che di parole ne abbiamo in esubero. Vagonate e vagonate di termini che ci confondono i pensieri. Gli amanti poco convinti, per esempio, proprio giocherellando con le parole sono in grado di farti vedere i sorci multicolor. Frase classica: Ti voglio bene ma non ti amo. Che poi tradotto in lingua corrente significa: Vengo a letto con te ma levati dalla testa che io sia il tuo fidanzato. Ipocrita. Io invece ti odio ma non ti ammazzo. Quindi ritieniti fortunato e sparisci dal mio orizzonte che se ti becco, ti riduco a pan grattato e ti faccio stare tutto in una scodella. Spacciatore di minchiate. Gli americani non hanno 'sto impiccio. Loro dicono subito: ti amo. I love you. Se lo dicono per salutarsi, per farsi le coccole, per dichiararsi amore eterno. Altrimenti usano il mi piaci. Che almeno è leale. I like you. E visto che sono entusiasti lo adoperano parecchio. Lo sussurrano all'orecchio della fidanzata e lo esclamano davanti a una fetta di cotechino. Noi invece sempre lì con il misurino. Mi vuoi bene ma come? Come alla tua cocorita? Ma quanto? Dammi un'idea di dosaggio. S.q.? Secondo quantità come nelle ricette dei manuali?

Adesso i codardi azzardano anche il: «Mi fai stare bene». Alla Biagio Antonacci. Sai che sforzo. Mi fai stare bene lo puoi dire a chiunque. Persino al tuo medico shiatsu quando ti schiaccia i piedi e ti mette a posto la cervicale. E poi il «mi fai stare bene» la dice lunga su quanto sia sempre tu il punto di partenza, l'alfa e l'omega del tuo moto sentimentale, il baricentro e la convergenza dei tuoi sensi, gran tornitore delle mie palle. Io, dopo aver frequentato un omino per ben dieci mesi, mi sono sentita dire le seguenti parole: «Be', la nostra, come dire... relazione». Prego? Come dire relazione cosa? Stiamo insieme da dieci mesi, ci siam fatti vedere da mezzo mondo, mi hai presentato anche ai tuoi cugini di terza che vivono sulla riva del Gange e ancora non trovi le parole? Piscialletto. E mi presentava anche come «la sua migliore amica». Ahhhh!!! A pensarci mi si arricciano ancora le dita dei piedi. Migliore amica??? Peccato che tu con la tua migliore amica fai praticamente le stesse cose che fai con una fidanzata, sgorbio. E allora spero che tu non ne abbia molte, in questo momento, di migliori amiche oltre a me. Da infilzarlo con le forchettine della bourguignonne. L'ho lasciato. E ora sto con un altro che non mi dice quasi mai I love you ma almeno sta zitto e lascia che glielo dica io.

Via il tanga via il dolore

Donne. Giulive oche giulive. Parti buone delle mele marce che sono gli uomini. Campionesse mondiali di miopia sentimentale. Mi rivolgo a voi e in nome vostro supplico. Chiedo e invoco l'abolizione e il divieto assoluto di vendita dei tanga in Italia. Uno stato democratico dovrebbe tutelare la salute mentale della femmina. Dovrebbe farsi carico di sciagure sociali di questa portata. Perché i tanga, credetemi, sono un vero flagello per i nervi. Sono un colpo basso al sistema nervoso. Tu prova a indossare un tanga. Due secondi e sglurb... non lo trovi più, perché lui va giù, giù giù, sprofonda come il filo per tagliare la polenta, si inabissa nel dirupo delle chiappe e sparisce all'orizzonte. Risucchiato per sempre. Ma io ve lo dico col cuore. Un tanga inghiottito dalle carni è in grado di togliere la voglia di vivere tutto il giorno. SE la mattina al posto della bella braga ascellare, quella di cotone con il fiocchettino di raso al centro, quella che era rosa ma col candeggio sbagliato è diventata tortora, e poi rilavata ha assunto un'inspiegabile tinta ardesia e si è ammollato l'elastico, SE al posto della mutanda slandronata in cui ci infili dentro la canottiera, tiri in basso e ci fai sbucare due belle mezzelune, SE al posto di tutto questo indossi spensierata il perizoma, tu sei una donna rovinata, figlia mia. Sei una femmina finita che passerà tutta la giornata a disincastrarsi la filura e a suonare col mignolo l'aria sulla quarta corda di Bach. Il tanga, lo dico con cognizione di causa, è un'arma di distruzione di massa. Il tanga di pizzo poi, quello crivellato di smerli, una vera piaga sociale. È proprio lo strazio supremo. Perché è urticante. Pizzica, irrita, punge. D'altra parte, son anche 20 centimetri di filo spinato in mezzo alle chiappe. Come indossare un gambo di rosa. Come infilarsi al posto dello slip un gnocco di cuki alluminio. E l'aggravante è che 'sti rosicanervi son pure cari come il fuoco. Minimo 20 euro. Al mercato qualcosa meno, se li compri di simil legno. Insomma, quarantamila lire per un cordino. Per uno spaghetto alla chitarra. Ma a me bastano due euro. Ma io con due euro mi compro un chilometro di corda per le tapparelle e mi faccio le mutande come i lottatori di sumo. Ma la tristezza vera consiste nel fatto che mentre noi per far le favolose soffriamo le pene dell'inferno, loro, i maschi, sotto i calzoni cosa mettono? I boxer. Bastardi pidocchi. I boxer. Mezzo metro di lenzuolo con il grande cocomero che balla la lambada. I boxer. Una tavella di maglina molle con la feritoia per le uscite di emergenza. Li odio. Noi dobbiamo andare in giro con un filo del telefono al posto delle mutande e loro belli comodi coi mutandoni da Stanlio e Ollio. Donne. Fulgide stelle che rilucete nel firmamento delle idiote. Non vale la pena. Non volete desistere? Allora proverò per voi una pietà infinita.

Il mare è pieno di pesci

Molly è ai suoi minimi storici. Si sa che da anni detiene l'esclusiva mondiale in storie d'amore insulse ma questa volta ha superato ogni record scagliandosi a pelle d'orso tra le braccia di Ubaldo, di professione istruttore in palestra. Una specie di creatura mitologica: mezzo uomo e mezzo pirla. Un incredibile Hulk, abbronzato come un coltivatore di cotone in Alabama, che passa la sua vita a strillare: «Se volete un culo tondo dovete farvelo quadro!». Io ho tentato di dissuaderla: Molly... il mare è pieno di pesci, le dicevo, prima o poi pescherai quello giusto. Aspetta. Non buttarti via... Ma lei testona: «Il mare è pieno di pesci ma tanto son tutti gonfi di mercurio. Uno vale l'altro. Selezionarli è solo una gran perdita di tempo... Lascia stare che di pura e vergine non ci è rimasta neanche più la lana...». Adesso però la bella Pippi Calzearete è lì che pigola come un pulcino bagnato. Dopo un paio di settimane di palestra il suo didietro s'è fatto cubico e il cuore le si è infeltrito. Dice che con Uby fa del gran ciupa ciupa ma non riesce a parlare. Con lui il discorso più lungo è durato dieci secondi e il tema trattato era il piercing alla lingua. Una sera ha tentato di dargli una botta di vita portandolo al Casinò di Saint Vincent. Lui si è presentato all'appuntamento in tuta di neoprene con inserti catarifrangenti. Molly, dopo avergli cacciato al collo una cravatta di recupero e resistito alla tentazione di stringerla fino a soffocarlo, se l'è caricato in macchina e ha guidato in silenzio fino alla sala da gioco. Entrati, Ubaldo, con gli occhi porcini, le ha domandato: «Dov'è la roulotte?». Molly, a denti stretti, gli ha specificato che non erano in un campeggio e l'ha spintonato fino al tavolo verde. Sembrava fatta. E invece no. L'abulico è riuscito a puntare la contromarca del cappotto al posto della fiche costringendo il croupier a dirgli: «Complimenti signore, ha finito i soldi e adesso si gioca il paltò?». Così Molly ha preso il coraggio a svariate mani e gli ha fatto un discorsetto. Per non dirgli crudelmente che il loro era solo stato un giro di lenzuola, gli ha sussurrato: «Sai Ubaldo, io ti preferisco orizzontale». E lui: «Morto?». È finita così. Ora Molly ha strappato la tessera della palestra e si è ributtata a capofitto sulle diete. Solo che per non perdere altro tempo le fa tutte insieme. Due giorni solo banane, uno tutta patata, tre solo minestrone. Dice che vuole tornare in forma come un tempo. Ha rimosso il fatto che in forma non ci è mai stata. A oggi ha già preso 2 chili ma il grave è che ha già anche conosciuto un altro deflagrato: un ex sherpa dell'Himalaia che momentaneamente fa la guida alpina a Pragelato.

Gli animali e le bestie

Imbecilli si nasce o si diventa? Chissà. Una cosa è certa. Qualcuno parte già avvantaggiato. Jolanda per esempio. A 39 anni e tre quarti non ha ancora trovato uno straccio di gladiatore con cui dividere il futon. Così per non sprecare l'amore si è riempita la casa di bestie e parla con loro. Ma non come san Francesco. Più come Del Piero. Solo che lui parla con gli uccelli e lei con quelli non ci riesce. È l'unica specie con cui non ha dialogo. Ieri mi ha detto: «Sai che Sushi, il mio pesce rosso, quando mi avvicino mi riconosce e mi fa le feste?». E come fai a capirlo? «Be', agita molto le branchie.» Jolanda? Cortesemente. Se potessi farti furba te ne sarei grata. Sushi è un pesce. E i pesci respirano con le branchie. Solo che lui fa più fatica. È obeso, pesa come una carpa perché lo nutri solo a briciole di pandoro. Nel ripiano sopra il caminetto troneggia una gabbia con due minuscoli criceti: Mimì e Comò. Comò è grassoccio, un roditore decisamente fuori forma. Due bestioline innamoratissime che fanno sesso da mane a sera. Jolanda ha sperato per mesi di diventare nonna. Si è anche informata col veterinario se esistesse una microepidurale per rendere il parto di Mimì meno doloroso. Da poco ha scoperto che non fanno cuccioli perché son due maschi. E lei, che vota radicale ed è stata sempre solidale con le minoranze, ha sparso la voce e ha creato la prima comunità di criceti gay. Così, chi si ritrova per casa un criceto omosessuale, sa a chi rivolgersi. E non parliamo del micio. Che Jolanda ha battezzato con nome e cognome. Gat Lerner. Perché dice che quando fa le fusa, prrr prrr, gli viene la stessa erre moscia del giornalista. Gat Lerner ha il vizio di camminare sulla tastiera del computer e cancellare tutti i documenti. Ma lei non lo sgrida mai. Lo nutre a crocchette e gamberetti. Ora che è diventato stitico gli ha appeso il poster delle isole Chagos davanti alla lettiera. Propiziatorio. E poi c'ha un cane, Mosè, che c'ha la barba e una relazione problematica con le acque perché quando ti vede non riesce a contenere la pipì. Mosè pare che non si perda una puntata del commissario Rex. E poi è innamorato di Licia Colò. Quando la vede in tv lecca lo schermo. Un cagnone sempre arrapatissimo. Appena ti siedi si avventa sul polpaccio e lo tormenta. L'ha fatto anche con la gamba del prete quando è venuto a benedire la casa. Jolanda per calmarlo invece di farlo accoppiare o al limite castrarlo, gli ha messo lo smalto. Per tirare fuori il femminile che c'è in lui. Devo farle conoscere Achille che ha preso un pitone e sostiene che quando lo vede scodinzola. A me ha solo fatto la lingua. Anzi due, per la precisione.

Le loro cose

Aiuto. Sento che sto invecchiando. Non mi reggono più le giunture. Cigolano. Anche i gomiti non son più quelli di una volta. Gli anziani dicono: cambia il tempo, c'ho i dolori. Ecco. Anch'io: cambia il tempo e c'ho i dolori. Anzi. Cambia il mondo e c'ho i dolori. In generale. Dolori vari. Misti. Gli anziani non perdono tempo a specificare. È così prezioso ormai il tempo, per loro, che non vale proprio la pena sprecarlo in dettagli. Anche le donne quando c'hanno il ciclo dicono: c'ho le mie cose. Però quella è un'espressione che detesto profondamente. Sono passati secoli eppure in questo nuovo mondo noi femminielle continuiamo a dire: c'ho le mie cose. Ma cose cosa? Quali cose? Dillo. Qual è il problema? Forse è perché quella parola là non suona tanto bene, con 'sto «stru» centrale che sdrucciola. C'ho le mie cose, magari detto anche sottovoce, in vece dà l'idea di una roba un po' carbonara, fatta in gran segreto. Che fai stasera? Mah, sto a casa... c'ho le mie cose... Ah, capisco, salutamele. Ma poi le MIE cose. Col possessivo. Proprietà privata. Ma tientele pure strette. E chi te le tocca. E poi certo che c'hai le tue. Puoi mica avere le sue. Non puoi mica dire: Eh, oggi non sto tanto bene, c'ho le sue cose. Che orrore. Che imbarazzo. Tu c'hai le tue, io c'ho le mie, ciascuno c'ha le sue signora mia. Le nostre madri dicevano: mi è arrivato il marchese. Emozionante. E da dove è arrivato? Da Stupinigi? Ma a piedi o in carrozza? Col suo consesso di dame e cavalieri o solo soletto in compagnia delle sue ghette? Ma come mai viene in visita tutti i mesi 'sto marchese, non ha proprio un tubo da fare... Non può occuparsi del suo feudo? C'è chi usa invece quest'altra dicitura: c'ho il mio periodo. Ah sì? Be', sei un po' sfortunata. Non si può certo dire che sia un bel periodo. Speriamo almeno che passi in fretta. Fammi poi sapere com'è andata. Squisitissimo invece è informare gli astanti con un classico: sono indisposta. Capisco. Non sei disposta. A fare cosa non si sa, ma brava. Sei una donna che non accetta compromessi. Tutta d'un pezzo. Ti stimo. Ho sentito anche dire: sono ciclata. Bello. Anche ciclabile non è male, come le piste per le bici. Mia nonna invece diceva: c'ho le baracche e io da bimba mi immaginavo che tutti i mesi montasse su 'sto teatrino. Baracche ma senza burattini. Anche per lo sviluppo femminile si usa un'espressione discretamente idiota: sono diventata signorina. Che già marca male. Passi dalla condizione di bambina a quella di single senza quasi accorgertene. E poi se ti va di sfiga ci rimani, signorina. Per tutta la vita. Anche se sei piombata nella menopausa ormai da lustri. Un bella gallina stagionata rimasta, ahimè, signorina.

L'artigiano dei miei sogni

Ho un'impellenza. E non si tratta di pipì. Devo urgentemente conoscere degli artigiani. Due, quattro, sette, dodici, venticinque. Più ce n'è meglio è. Segnalatemeli. Che mi si presenti un esercito di artigiani, tutti in casa, li accoglierò a braccia aperte. Basta solo che siano single perché dopo averli sfruttati il giusto voglio fare anche una buona azione: appiopparli uno per uno alle mie amiche spaiate. Ma sì... signorinelle pallide, cambia il vento non fatevi sorprendere sottocoperta. Adeguatevi ai nuovi trend. Smettetela di sbavare dietro agli ingegneri sfigati, che dopo 20 anni di esami all'università e concorsi statali si trovano a elemosinare ancora un impiego stabile alle soglie della pensione. Piantatela di ostinarvi con i liberi professionisti, che saranno anche liberi ma cambiano mestiere con la frequenza con cui si cambiano le mutande e già che ci siete state alla larga dagli avvenenti rappresentanti di quisquilie dall'occhio languido e dalle tasche vuote. Qui, per garantirsi un futuro solido ci vogliono loro: gli artigiani. I nuovi ricchi. Gli imbianchini. I tubisti. I tapisè. Quelli che cambiano le guarnisiun. (All'artigiano si parla sempre in dialetto, se poi Pasquale, Carmine, Salvatore non capiscono una fava, pasiensa.) Gli imperatori supremi dell'artigianato planetario sono i munusiè. I mastri geppetti. I falegnami. Quelli che ti fanno il mobile su misura. Malleabili come il legno che piallano. Tempi d'attesa di un intervento chirurgico, parcella uguale a quella del chirurgo medesimo. Domanda gentilissima tua: «Tanto per sapere: quanto ci mette?». Risposta irritatissima sua: «Ci metto il tempo che ci vuole». Intenzione di senso: «Ti conviene non rompermi le palle sennò 'sta merda di scaffale te lo consegno quando avrai già traslocato da un'altra parte. E se non ti va bene va' a comprarti la libreria all'Ikea». Perché qui sta il punto: l'artigiano sa perfettamente che è uno dei pochi ad artigianare ancora in questa valle di lacrime, conosce il potere che ha e per questo fa quel che vuole. Un duce. Dice «vengo domani» e arriva tre giorni dopo. Ma minchia. Se io dico a un quotidiano: ti consegno l'articolo domani e poi lo spedisco 48 ore dopo, il direttore mi licenzia. Come mai per te che sei elettricista, idraulico, antennista vale tutto? Perché io devo stare ad aspettarti giorni interi come se avessi solo quello da fare? Senza contare che poi quando arrivi, testolina mia ripiena di niente, non hai mai quello che ti serve. Avete fatto caso? Quando finalmente l'artigiano si prostra come un mullah in ginocchio davanti alla lavatrice per cambiare la guarnizione si accorge che non ha quella giusta. Mai. Gli manca sempre un pezzo. Ma santa creatura cosa ti porti dietro in quel baule? L'occorrente per il picnic? Questa volta non mi scappi. Ti lego col nastro isolante e a prendere la guarnizione ci vado io.

Quando gli uomini dicono
che vanno a giocare a calcetto

«Vado un attimo a tagliarmi le vene. Ci metto un secondo.» Vieni qua... «Perché fa male, male, male da morire...» Lo so ma non fare come Tiziano Ferro. Non sbraitare. «Una volta cornuta, sempre cornuta» mi ripete. Filiberta ha le sinapsi cerebrali in pieno caos e il cuore in burrasca. È così ammattita che ieri presa da un raptus di gelosia si è sparata in gola un tubetto intero di salsa wasabi. E oggi grida ancora di più. «Lo sai come diceva quello là: Quando un uomo porta dei fiori a sua moglie senza motivo, un motivo c'è. Ieri mi è arrivato a casa un cactus che non entrava neanche in ascensore. Il fioraio ha dovuto scaracollarselo fino al nono piano. S'è tutto sfregiato. Tre gradini in più e gli partiva la valvola mitrale come un raudo di capodanno.» Filiberta cara. Non fare come Otello. Smettila di farti le lampade e piantala di sospettare di tuo marito. Non può tradirti 24 ore su 24. «Perché tu non conosci Piervittorio.» Lo conosco, lo conosco, purtroppo. Chi se lo prende, quello lì. Un uomo e la sua sicumera. «Ok. Ti dico le misure di Piervittorio: 1.80, 90 e... 22. Hai notato che sono tre? Non mi chiedi niente?» Uff. «Quando si china perde facilmente l'equilibrio perché è troppo sbilanciato in avanti.» Certo, un ciclope. «Adesso per essere ancora più figo si è perfino rifatto i denti.» Ah sì, l'ho notato. Però non uno per uno. Tutti insieme. Un monoblocco. Sembra che abbia in bocca un flauto di Pan, tipo quelli che usano i peruviani quando suonano in via Garibaldi. «E poi prima di uscire di casa si fa il bagno nel Vetiver.» Eh. Però c'ha un alito che piega le rotaie del tram. «In più tiene il cellulare spento e dice che non prende. Ma fammi il piacere. Fai il ragioniere mica lo speleologo. Dove hai l'ufficio? Nelle grotte di Toirano? A Torino ci sono ripetitori ovunque, vero?» Non so. Se vuoi telefono a Tronchetti Provera. È dall'inaugurazione della 7 che non lo sento. «E poi si mette sempre il dolcevita.» E allora? «Perché con quello non rimangono le tracce di rossetto come sui colletti delle camicie.» «In più adesso ha preso una nuova segretaria che si chiama Cristina.» E be'? «Le cristine sessualmente sono molto disinvolte. E poi non c'è una Cristina al mondo che non sia una bella donna. E che non abbia le stesse proprietà dell'erba magica: capacità di provocare negli uomini stati alterati di coscienza, vertigine, e furia animalesca.» Filiberta dà i numeri. «E adesso dice anche che va a giocare a calcetto, chissà invece...» No. Quando gli uomini dicono che vanno a giocare a calcetto ci vanno. Credetemi. E noi dobbiamo lasciarli in pace. E stare serene. Che vadano pure. Tanto più di due partite di seguito non le fanno. Perché si spaccano prima. Con quei polpaccetti sottili e pelosi da levrieri afgani. Il calcetto è una benedizione. Perché pratica una selezione naturale. E quindi fortifica la specie.

Carlo Azeglio inciampi

Povero Ciampi. Voleva fare lo splendido. Fare un po' il tu-
rullo. Si erano così divertiti al concerto di Muti, lui e Franca. Da smascellarsi dal ridere, me lo immagino... Arrivato
al Quirinale, era ancora tutto elettrizzato. Ha inforcato la
rampetta di scale con un guizzo felino, cercando di stupire
la sua metà con un mirabile gioco di gambe alla Fred
Astaire. Voleva fare un'agile corsettina per superare la
moglie e dirle: «Marameo Franca! Sono arrivato prima
io!». Otto gradini, otto. E che ci vuole? Ci vuole che devi
guardare dove metti i piedi. Insomma, è volato. Al terzo
scalino è inciampato nel bordo del tappeto. Patapam. Pio-
vuto giù come un birillo. Bilancio del danno: rottura della
clavicola. Campionato finito. «Ho fatto una bischerata» ha
commentato. Che simpatico. Avrei voluto baciarlo. Tanto
sono esperta in effusioni a uomini di una certa età. Schioc-
cargli un bel bacio sulla fronte e dirgli: «Non ti preoccupare, Carlo Azeglio. Come preferisci che ti chiami? Carlo o
Azeglio? Abbiamo tutti una ragguardevole dose di creti-
neria... che a volte ci salva, a volte meno. È caduta anche
mia mamma, sai Carlo Azeglio, tempo fa. Lei però nell'or-
to. Ma non per rincorrere mio padre, come facevano Adamo ed Eva nel paradiso terrestre, con la foglia di fico. Molto meno poetico. Per andare a coprire i vasi di crisantemi

col nylon e ripararli dagli assalti della grandine. Anche mio zio Giovanni è caduto. Lui si è spalmato sui gradini di un bar di Alassio. È andato giù di naso come Gatto Silvestro e se l'è grattugiato per bene. A una certa età, non si sa come, cadete tutti. Sembra quasi che sia il vostro passatempo preferito. I vostri angeli custodi devono fare lo straordinario». Io avrei voluto essere una mosca. Per trovarmi lì, sul mancorrente dello scalone di marmo. Solo per sentire con le mie orecchie di mosca i commenti di quella tosta di Franca. Ha dato del cretino a distanza a Panariello, chissà cosa non ha detto a suo marito. Una moglie che si rispetti, quando la sua metà fa una minchiata qualsiasi, sfodera l'artiglieria pesante. L'avrà tirato su per la pelle delle ginocchia borbottando: «Sei proprio un balengo, altro che presidente della repubblica... Ma io cosa devo fare con te, Carlo Azeglio? Adesso telefono a Berlusconi e gli chiedo un provvedimento straordinario. Che mi dia l'otto per mille. Anzi di più. Almeno il dodici per mille, per sopportarti. A 83 anni ancora non hai capito che quando cadi devi mettere le mani avanti? Te l'hanno insegnato all'asilo, benedetto il cielo. Adesso invece di andare a quel bel matrimonio in Spagna, che mi ero già comprata la borsetta intonata al mocassino, dobbiamo stare qui al Quirinale a guardare Vespa alla tv. Uffa. Il prossimo anno ti iscrivo alla Corrida. Vai a fare le acrobazie lì che ti fanno anche l'applauso e poi suonano le campane».

Il gambaletto antistupro

Dicono che le donne siano come le acciughe: tolta la testa tutto il resto è buono. Son cose che fan piacere. E Jo Squillo che cantava: «Siamo donne oltre alle gambe c'è di più»? Acqua passata. Adesso l'unica che ci rappresenta davvero è quella che alla tv fa la pubblicità del risotto. Quella tosta. Risoluta. Quella che dice al suo compagno: «No, ciccio, non insistere. Non ti voglio sposare. Rimaniamo fidanzati per tutta la vita». Poi appena vede che lui riesce a fare il risotto coi funghi dalla busta, roba che basta avere la materia grigia di un porcellino d'India, si scioglie, perde il controllo e gli si avventa tra le braccia con l'anulare proteso implorandolo di convolare. Una vera cretina. È giusto. Siamo donne. Oltre alle gambe non c'è nulla. Rien de rien. E quindi occupiamoci di quelle. Che in fondo, rispetto al cervello, danno meno problemi. All'apparenza... Perché il dilemma della calza dilania. Una cosa la donna moderna chiede al futuro. L'avvento del collant infrangibile. Un collant magico che non si smaglia neanche se lo pugnali con l'uncinetto. Io batto tutti i record. Riesco a smagliare anche i tubolari di spugna, quelli da tennis. Ne ho con su dei babaci, con fantasie di orsetti, un paio con Winnie the Pooh e uno con su scritto W Mickey Mouse. Tutti crivellati. Ultimamente ho superato me stessa. Ho bucato la scarpa. Col ditone. L'unica è rassegnarsi alla calza contenitiva elasticizzata. Che è velata, elegante, erotica come uno scafandro da palombaro. Con quella hai la sensazione di non avere più due gambe, ma due pioppi. E poi la devi togliere col piede di porco. Altrimenti c'è l'infida velatissima. Che ti scivola giù, fino alla caviglia, e ti fa un bello sperone, un remborsé di nylon che ti riempie il mocassino. O quella di filanca. Quella produce un attrito tale da generare la stessa quantità di energia di una centrale idroelettrica. Sai da cosa lo capisci se una donna porta il collant di filanca sotto il pantalone? Dal fatto che quando ti saluta ti dà anche la scossa. E poi c'è l'eroticissima autoreggente. Che diciamocelo, non sta su perché sfida la forza di gravità. Ma solo perché c'ha una striscia di gomma alta quattro dita, una camera d'aria che, dopo due ore che cammini, ti si vulcanizza direttamente sulla coscia. La levi, e ti rimane una strisciata di gomma che sembra ti abbia frenato sulla gamba un tir. E poi rimane l'anticristo della calza: il gambaletto di leacril nocciola antistupro. Poi dicono che le donne devono fare riunioni di autocoscienza per difendersi dai maniaci. Non serve. Bastano 2 euro. Con quelle calze lì sei sicura. Metti che il maniaco ti fermi (e già ti deve andare di culo) quando vede il gambaletto di leacril nocciola al massimo ti dice: «Tieni sfigata, prendi 'sti 5 euro e va' a comprarti un paio di calze decenti!».

Gli amici di lui

Tutti i nostri boyfriend hanno un amico. Un amico del cuore. Quello con cui sono cresciuti. Si sono scambiati le figurine alle elementari, misurato il pisello alle medie, rubati le fidanzate alle superiori. Quello che resiste alle intemperie della vita e al peso degli anni e della trippa. Il maschio però non frequenta l'amico del cuore come noi pollastre. Noi starnazziamo con l'amichetta al telefono una media di 10 volte al giorno per i motivi più ridicoli, per avvertirla che ci è già arrivato il catalogo dell'Ikea, ci è spuntato un orzaiolo gigante o ci è impazzita la maionese anche se abbiamo aggiunto l'olio piano piano. Il maschio no. Il maschio l'amico lo sente ogni tanto. Per darsi un appuntamento. Vanno insieme alla partita o da Giancarlo a bere una birra. E a noi rode da bestia. Perché chissà cosa si dicono. Chissà quale torrente impetuoso di cretinate lui, l'amico pistola, dirà al nostro esimio coniuge. «Eh, ti ricordi quando stavi con Marcella? Che gnocca era? Con la quarta di reggiseno. Due tette grosse come due colapasta...» Tra maschi rimangono sempre ricordi profondi. Loro hanno 'sto modo qui. Quando sono insieme fanno i gradassi. Fanno quelli che chissenefrega delle donne. Le donne fuori dal letto sono solo una gran rottura di scatole. Che va anche bene. Ma devi essere coerente. Invece no.

Perché poi 'sti aridi vengono a casa e ritornano pulcini smarriti. Pio pio. PIO PIO una grandissima mazza. Insomma. La nostra relazione col compagno di merende è spesso drammatica. Soprattutto perché ci costringe a tacere. Anche se l'amico è decisamente cretino, passa le serate a giocare alla Playstation a 40 anni suonati e tradisce la moglie da quando ne aveva 24, il nostro boy troverà sempre un motivo per perdonarlo. E difenderlo. Guai a tifare contro accennando a quella disgraziata della moglie. Povera Milly... fino a qualche anno fa erano solo cornini da lumaca. Adesso viaggia con due cornazze che neanche un alce. «Magari lo tradisce anche lei.» Chi?! Milly?! Ma se Milly sta tutto il giorno a dipingere limoges e non vede altro che tazzine... «Morditi la lingua e fatti gli affaracci tuoi, spregevole pettegola.» Se invece l'amico te lo fai piacere, nel senso che gli rivolgi almeno la parola, riparte una nuova tiritera. «Ti piace eh, Giovanni? Ho visto come gli parlavi.» Come gli parlavo cosa? Gli ho chiesto di passarmi il sale che la pizza è sciapa. «Sì, ma glielo hai detto con un tono...» Ma quale tono? Gliel'ho chiesto in si bemolle, era meglio il sol diesis? Talvolta, talvoltissima, l'amico può essere anche una personcina decente. Anzi un uomo interessante. Azzardiamo: un figo notevole. In questo caso le frequentazioni saranno rarissime. Perché il bel ami abita in Australia. Sai... va bene l'affetto, ma gente così è meglio avercela a distanza di sicurezza. L'oceano di mezzo può bastare.

Le amiche di lei

Il favoloso mondo delle amiche delle femmine si divide in due categorie. Le amiche impegnative e quelle no. Partiamo dalle seconde. Le amiche non impegnative. Che a loro volta si suddividono in due sottospecie. Quelle a bassa frequenza e quelle ad alta frequenza. Le prime, quelle a bassa frequenza, sono francamente le migliori, visto che sono onniscienti. Le vedi poco ma il loro bene è un bene a prescindere, sanno vibrare a distanza e tu sai che puoi sempre contare su di loro. Poi ci sono le amiche non impegnative ad alta frequenza, che come dice la tipologia della specie, si vedono parecchio ma generalmente non danno problemi. Per te un piatto di minestra c'è sempre. E sottolineo minestra perché da quando è in voga il Bimbi tritatutto fanno solo zupponi e creme di verdura. Una volta al mese piangono come salici ma è questione di ormoni. In quel caso basta spegnere l'umidificatore e avvicinare ai loro nasi le orchidee che hanno un fottuto bisogno di umidità. E poi ci sono le amiche impegnative ad alta frequenza. Di quelle ne puoi avere non più di una. Due al massimo, sempre che le forze te lo consentano. Nel mio caso il nome è scontato: Molly. La sgangherata, maldestra e adorabile Molly. A ogni femmina dotata di cromosomi xx il destino ha riservato una Molly, che tradotto in lingua corrente significa: favoloso flagello. Qualsiasi cosa decida di fare è in grado di cacciarsi nei guai e immediatamente cacciarvici pure voi per proprietà transitiva. Le Molly provocano nei fidanzati reazioni allergiche. Eczemi. Rinite. Attacchi di tosse asinina. Nel momento in cui tu pronunci le seguenti parole: Stasera usciamo con Molly? loro fanno come i cani con i botti di Capodanno. Cominciano a tremare e vanno a nascondersi sotto i mobili. Il maschio in generale aborre la Molly. Infatti le Molly sono single. Oppure stanno con babbei di rara portata e li tradiscono. La Molly che mi è toccata in sorte attualmente è fidanzata con un ruminante alle soglie della pensione. Non può lasciarlo perché poverino non ce la farebbe a sopravvivere senza di lei e lei pure, visto che il bue muschiato ha casa ad Alassio e a Bardo, le regala brillanti e soprattutto la va a prendere e portare da tutte le parti dato che lei, impegnativa com'è, non ha la patente. È inutile dire che di solito il tuo boy con il babbeo non ha niente a che spartire. Il babbeo è molto ricco. Il tuo boy molto meno. Il babbeo è follemente innamorato. Il tuo boy è follemente. Punto. Mai fare paragoni. Che non vi salti in mente di dire: «Guarda Pierpetto com'è gentile». La risposta sarà un Arghhhhhhh proveniente direttamente dall'intestino crasso con allegata postilla: «Pierpetto è un pirla! Se ti piacciono i pirla hai solo da lasciarmi». E tu pensi: è proprio perché mi piacciono i pirla che sto con te. Ma lo pensi piano.

Gli uomini quaglia

Molly versa in uno stato di costernazione suprema. Frigna
da giorni con un tono di voce fatto quasi esclusivamente
di acuti. Fiu fiu. È come stare a sentire un'aragosta che
agonizza in un pentolone di acqua bollente. Fiu fiu. Coraggio. È la vita, Molly. Tragedia e vaudeville, le ho sussurrato porgendole il rotolo di scottex. «Già, e la sfiga dove la metti? Quell'inestimabile pirla, quella merda molle,
sai che ha fatto? Mi ha portato in una yogurteria, di quelle
con i neon bianchi e le commesse vestite da infermiere, e
mentre mi scucchiaiavo il mio pappone di latte di soia mi
ha detto: "Molly, è finita. Ti lascio perché sei una ragazza
leggera".» E tu? «Io ho ribattuto prontamente: "Io sono
una ragazza leggera perché tu sei un uomo pesante. Cer-
cavo soltanto di bilanciarmi la vita, niente di più. Non sei
una grave perdita. Stare con te è stato rilassante come levare i semi del limone dalla macedonia. Sei simpatico come la tosse di notte. Salutami a soreta". Poi sono tornata a
casa e ho stirato per 6 ore consecutive. Che devo fare?»
Non so... Molly... se vuoi ti porto anche la mia di biancheria, così prendiamo due piccioni con una fava, ho giusto le
tendine di lino con l'ajour che mi fanno dannare. «Forse
mi trasferisco.» Ah sì? E dove? «Pensavo su Alfa Centauri,
la stella più vicina alla terra. Ci vogliono solo 100.000 anni

di viaggio per raggiungerla ma poi almeno sei sicura che più nessuno ti rompe le scatole.» Sai qual è il tuo problema, Molly? È che tu preferisci mal accompagnarti piuttosto che stare da sola. «Certo, almeno faccio due parole con qualcuno. In fondo una donna spaiata non chiede mica tanto. Una paiatura qualsiasi.» Ed è lì che sbagli. Non accontentarti del qualsiasi. Cerca il diverso. «Dici che mi devo buttare sui gay?» Tra i molti difetti di Molly spicca la propensione al fraintendimento. Ascolta, pulcina. Uno schifo di marito non è meglio di niente. Rimane uno schifo. E poi un marito non si cerca, si trova, come un tesoro. E a volte così, per caso, quando hai proprio perso le speranze. Truc. Eccolo lì. Trovato. La vita fa quello che le pare, amica mia. Impara l'attesa. «Ma se non aspetto neanche il pullman e pur di non stare ferma raggiungo la fermata dopo a piedi. Forse devo buttarmi sui brutti.» Prego? «Sui cessi, sui rafani che magari intrigano di testa.» È un rischio, figlia mia. Passi per i rospi, che magari baciandoli si trasformano in principi, ma coi cefali cambia la musica. Con quelli ti rimane sulle labbra solo la puzza di pesce. «Ma il bello e cretino è un disastro. Solo se è bello e stronzo c'è qualche speranza che duri.» Ti fidi di me? È meglio braccare gli uomini quaglia. Cioè? Quelli comuni, normali, un po' grigi e un po' maron, che non fanno i galletti. Così apparentemente scontati da non sembrare neanche una preda. I quaglia-men sono pieni di sorprese. D'altronde fanno pure le uova.

Una brutta piega

C'è grossa crisi. La vostra fata ignorante oggi è avvilita. Per ritrovare la calma dovrebbe tuffarsi in una piscina di lexotan e nuotarci a bocca aperta per qualche ora. Parlerò a nome di tutte. Noi tartallegre che stiamo raggiungendo a grandi falcate il traguardo dei quaranta, da qualche tempo assistiamo a una preoccupante moltiplicazione di segnali di invecchiamento. Un brutto accumularsi di cattive pieghe che non preludono a niente di buono. Primo segno di decadimento: la crescita del pelo. Iattura alla quale sembravamo avvezze, visto che da anni siam pelose come orsi marsicani. Ma qualcosa è cambiato. È da un po' che ci germoglia il cosiddetto «pelo solitario». Detto anche: «l'eremita». Che sarebbe un pelo lunghissimo, rigido come una bacchetta da shanghai e quasi sempre scuretto. Posto preferito dallo schifoso: il mento. È da lui che parte quel processo di imbefanimento che mai più avrà fine. Se farai l'imprudenza di tagliarlo con le forbicine ti crescerà a dismisura e sarai costretta a uscire di casa con la testa chiusa in un tupperware. Ma procediamo. Avvento della pancia. Tracimamento della budella gentile anche a quelle da sempre piatte come cavalli da corsa. L'importante è non disperare. Se qualcuno vi chiede: «Sei incinta?». Voi rispondete tranquille: «Sì, ormai da due anni. Tra breve Piero Angela farà uno speciale su di me». Poi. Smollacchiosità diffusa e cedimenti dei doppimenti (magari ne avessimo uno solo...). Accidenti alla forza di gravità. Crollano le borse, si abbassano i culi e le tette si intristiscono e girano il musetto all'ingiù. Bea, che ha sempre avuto il problema delle tette piccole, invecchiando pare che non se le trovi quasi più. Perciò ha ripreso a mangiare gli omogeneizzati. Sì, perché ha letto sui giornali che in alcuni casi hanno fatto crescere le tette ai neonati e spera che si ripeta lo stesso orribile fenomeno a lei a quarant'anni suonati. Io personalmente mi rassegno a tutto. Dalle zampe di faraona alla carnagione color tortora. Quello che non tollero è lo schifo del sottobraccio. Che più passa il tempo e più si ammoscia a zampogna. Hai voglia a tonificare il tricipite sollevando le bottiglie di Sanbernardo da un litro e mezzo... La Molly sostiene invece che ovviare al problema è semplicissimo. Bisogna solo imparare a mangiare tutto insipido. Ma mica per questione di sali minerali. Per evitare al ristorante di usare la saliera. Perché il gesto del salare richiede lo scuotimento del braccino che a una certa età, non c'è niente da fare, balla sempre il mambo number five.

C'è da rifare la facciata

Sono desolata. Però capisco. Capisco almeno di non capire. Per sfondare, per essere una persona che conta, ormai l'unica cosa importante è l'immagine. Basta mica il talento. Tocca andar giù di bisturi, belle mie, altro che stivalate mezza coscia e minigonne giropassera. Non basta più il coiffeur che ci impiastra i bulbi di ossigeno. Adesso ci vuole il chirurgo che tagli, seghi, incolli e soprattutto inverta il percorso naturale. Ringiovanisca le vecchie e lasci invecchiare le giovani, per poi ringiovanirle fra qualche anno. Il tempo passa. Per tutti. Ma per noi purille di più. Per l'amor del cielo elaboriamo questo lutto. Col tempo smettiamo di essere irresistibili e diventiamo resistibilissime. È chiaro o devo essere ancora più cruda? Ok. Se fino a qualche anno fa eravamo donne che correvano coi lupi adesso se non stiamo attente sono i lupi che ci corrono dietro. Prima sul 59 sbarrato ci trovavamo spesso una mano che non era la nostra in un posto che non era il suo, ora non più. Ora l'unico modo per farci notare è lasciarci pinzare dalle porte automatiche del pullman medesimo. La donna è come un condominio. Ogni tanto bisogna rifarle la facciata, quella più esposta alle intemperie. Sai, anni di pioggia, neve e stravento alla lunga fan danni brutti. Son lavori di manutenzione straordinaria che vanno fatti. Con gli anni si formano delle crepe, si stacca l'intonaco, e si diventa pericolanti. Sai cosa? Io quasi quasi mi faccio liposucchiare. Qui sui fianchi. Chissà cosa non viene fuori. Minimo minimo tre crème brulé, otto porzioni di tiramisù e una faraona con noci intera. Per coscia ovviamente. Poi mi faccio rimbastire le tette, perché ormai hanno l'orlo lungo. E magari anche dare una grattugiata alla faccia per sterminare 'sti radicali liberi che sono maledettamente seccanti. Poi mi faccio anche rifare gli zigomi. Li voglio alti, tondi e rossi come due tuorli d'uovo, e se c'è tempo allungare i piedi che non ne posso più e ridurre ancora le orecchie. Le voglio piccole come quelle di Shrek. E magari anche tirar su il sedere, che sta slandronandosi. Lo voglio sotto le scapole, così in caso di lunghi viaggi mi serve da cuscino. E non tiro fuori neanche un euro. Vado a Bisturi. E con tutti i lavori che ho da fare mi ci vogliono minimo otto puntate. L'intrepida Molly non si fa turlupinare, lei. Mi ha dato il segreto per una pelle tirata. Mescolare un po' di gel per capelli alla crema da giorno. Seccandosi fa subito l'effetto lifting. L'importante è evitare di ridere, giusto per non strapparsi il muso come la fodera di un cuscino. E poi l'ardita Molly mi ha snocciolato un altro consiglio di beauty. Quando non ha tempo di lavarsi i capelli lei fa così. Ci mette su una bella dose di borotalco, friziona con piglio deciso e poi per levare il tutto ci passa sopra l'aspirapolvere. La adoro.

L'intimo tormento

Mi sto addomesticando. Voglio diventare una donna di classe. A costo di prendermi a sberle dalla mattina alla sera. L'intelligenza non basta. E soprattutto non aiuta. Quello che manca è l'antica figheria del borgo. Cominciamo dal principio. Dalle aste. Prima di tutto è importante essere belle dentro. Che c'entra l'anima... Belle sotto, intendo. Sotto i vestiti. Con un bel completino intimo. Il resto poi è tutto in discesa. Io ho sempre pensato che se una cosa non si vede, tanto vale non star lì a perder tempo a occuparsene. Una mutanda vale l'altra. Sbagliatissimo. Per la donna di classe l'intimo è un caposaldo e il pizzo una pietra miliare. Come farò mai?... A me i merletti fan venire la grattarola. La relazione con l'intimo non è mica così facile. Parliamo del reggiseno. Inferno di ogni donna che si meriti questo nome. Se sei dinamica e proiettata a tutta birra nella performance, c'è il reggiseno sportivo. Completamente elasticizzato. Bello, per carità. Però non è che regge. Spalma. Di due tette non te ne rimane neanche più una. Solo un leggero spessore a livello del décolleté. Poi ci sono i reggiseni fantasia. Di tulle, garza, retino per le farfalle. Quelli nascono molli e finiscono mosci. Sembran fatti di cicles. Son reggiseni senza carattere. Abulici. Seguono impassibili la discesa della tetta senza opporre resistenza.

Non reggono neanche la durata. Due giri di lavatrice ed è come legarsi al petto la pelle del salame. Al contrario del push up. Il reggiseno che tira su. E su e su. A gorgiera. A canotto. Più in alto e ancora su. Come cantava Renato Zero. E più solleva e più unisce. E sta scritto: la donna non unisca quel che il cielo ha separato. E invece su. Col risultato di scolpirti sul petto un'unica monotetta. Col push up perdi il seno e ti ritrovi al suo posto un mostruoso siluro che spara sul davanti come un unicorno. Un cofano puntuto. Un imbuto da damigiana ma rovesciato. Se invece di seno sei sprovvista puoi sempre tuffarti tra le braccia di un reggiseno a olio. Ripieno di bagna cauda. Oppure con le coppe. Una a destra e una a sinistra. Primo e secondo premio. A meno che non voglia farti sollevare il tutto dal reggiseno col ferretto. Che in realtà è una putrella di ghisa che va ad appoggiarsi esattamente sulla piega della costola e a lungo andare te la lima. E da ultimo rimane il classico reggiseno a balconcino. Che ti fa quel bel davanzale adatto ad appoggiare vasetti di primule, ciuffi di mimosa e in estate anche il dondolo e l'ombrellone. Da un po' però 'sti balconcini hanno la ringhiera sempre più bassa. Devi stare attenta. Se ti sporgi troppo finisce che ti ritrovi le tette al pian terreno.

La vita è bassa

Ohhh. E adesso fatemi dire di 'ste dannatissime vite basse. Stilisti?! Ci avete veramente rotto. Ho misurato la cerniera degli ultimi jeans. Sei centimetri. Sei miserrimi centimetri. Un po' più di una scatola di cerini e un po' meno di un accendino. Per reggere le pudenda, la lombare e una fettina di pancia non basta. Ma che dobbiamo fare? Girare con il rimorchio mezzo di fuori? Ma se ci avevano detto che la speranza di vita si era allungata. Mi ricordo bene. Allungata, non abbassata. Quello dei calzoni non è più un cavallo basso. È un pony incrociato con un bassotto. E poi per portare quei pantaloni lì devi avere una predisposizione delle ossa del bacino. Che siano prensili ai lati. Che facciano da gancio. Da molletta come gli attaccapanni. Se no non ti stanno su. A meno che tu non abbia rotoli e rotoli di ciccia a fare da riempitivo. E in più con quelle braghe lì non devi mai sederti. Sempre in piedi. Mai abbassare la guardia. Perché appena ti chini la grondaietta che dalla schiena porta giù fa capolino. Quello che io chiamo effetto-muratore. Sai quando i muratori si lasciano scivolare le braghe, calare i cavalli e poi si piegano per andare a scazzuolare negli angoli e... zot esce fuori una fetta di fondoschiena pallido? Imbarazzante. Perché poi quando ti parlano: «Sa, lo zoccoletto di qua, e la tubatura di là...» tu pensi: sì però tirati su i pantaloni perché così tesoro mio non ce la faccio. Ti prego. Ti prego. Ti prego.

La mia compagna miss

Trabocco di entusiasmo. L'idea di avere così tanti punti in comune con lei mi elettrizza. Non sto più nei collant. Mi gorgoglia la pancia e ho le ginocchia che fanno Aldogiovanniegiacomo. L'ho vista in tv l'altra sera. Caspita. Non è solo bella. È magnifica. È un angelo biondo che leva il fiato anche ai santi. Tanto per cominciare è di Borgaro, ameno paese a due passi da qui, rinomato per il suo orologio ad acqua, il suo parco Chico Mendes, e soprattutto i suoi due alberghi Atlantic e Pacific. Messi uno di fronte all'altro. Poi lei ha 18 anni come me. Solo che io dico le bugie e lei no. Lei ha vinto Miss Italia e io sono stata la prima delle grandi escluse. Ma soprattutto, sia io che lei abbiamo frequentato la stessa scuola: il Collegio salesiano delle suore di Maria Ausiliatrice. Si vede, vero? Su di me non tanto. Persino la suora preside, che è stata la mia stessa preside, ha rilasciato orgogliose dichiarazioni alla stampa. È bravissima ha detto. Ha dieci in condotta e otto in filosofia. Anch'io andavo bene in filosofia. Solo che avevo otto in condotta. Non sono mai stata un vanto per la scuola, infatti su di me non ha mai detto un fico secco. Forse son venuta male. Secondo me rimuove il ricordo e quando le riaffiora alla memoria chiede perdono agli arcangeli. Però, a ben pensarci, una volta rilasciò anche una dichiarazione su di me. Sulle scale a pieni polmoni con il campanello di peltro tra le mani. Disse: Littizzetto. Se ci fossero due come te in questa scuola chiuderemmo l'istituto. Come te nessuno mai, direbbe Muccino. Quello che mi domando è com'è possibile che sia venuta fuori una miss da lì dentro. Avranno cambiato il menu della mensa. Io e le mie compagne di classe eravamo un discreto manipolo di roiti. Mi ricordo Filomena. Che aveva un orecchio a sventola e uno no, infatti la chiamavamo Mezzo Topo Gigio. Poi c'era Lorenza. Secca e lunga come un baffo della tv. E Mariella? L'avevamo soprannominata Tettonica a tolle perché aveva il seno di Pamela Anderson ma la faccia identica a quella di Mino Reitano. Un bel seno deve stare tutto in una coppa di champagne? Bene. Quello di Mariella stava stretto nel secchiello del ghiaccio. Per reggere quei marmittoni portava un reggiseno fatto con i tiranti del circo. E poi c'era Molly. Un altro fiore all'occhiello dell'istituto. Diciott'anni anche lei. Passati tutti a mangiare. Ai tempi era una montagna di carne con due occhi color acquaragia che spuntavano dalla ciccia. Colpa di sua madre che le diceva sempre: mangia, mangia che diventi alta. Solo che lei alla fine è diventata larga. Sarà stata in tutto 140 metri quadri calpestabili. Mah... In fondo i giornali dicono sempre che l'aspetto non conta, che una si deve sentire bella dentro. Ma i giornali di cazzate ne dicono tante. Persino le suore davanti a una miss non hanno resistito al silenzio.

La pillola quattro stagioni

Oggi debole lezione di educazione sessuale. Spalancate quelle orecchie a cavolfiore e state attente che poi vi interrogo. Care elise di rivombrose, è finita l'era della pillola normale. Quella che con un po' di zucchero andava giù. A basso dosaggio ormonale e ad alta percentuale di oblio. Quella che noi fate smemorine abbiamo sempre presa random, una manata tutta insieme appena ci accorgevamo di averla dimenticata per 3 giorni di seguito. Quella che ci faceva gonfiare come megattere, montare le tette di una baliasciutta, venire le crisi di nervi di Sgarbi e la stessa voglia di fare l'amore di una nonna di 97 anni. Ora è tutto finito. Esultino gli uteri. Si faccia posto alla nuova pillola quattro stagioni che non si ordina alla pizzeria Spaccanapoli ma nelle tradizionali farmacie. Pare che in promozione alleghino in omaggio anche il Cd di Antonio Vivaldi. La nuova pillola non si prende a ogni cambio di stagione mentre si svuota l'armadio. Dobbiamo strafogarcela per una novantina di giorni filati ma poi il ciclo ci flagellerà soltanto 4 volte l'anno, una appunto per ogni stagione. Quindi, amiche pipistrelle, con questa nuova pillola non scoprirete che è primavera perché ritornano le rondini ma perché ritorna il ciclo. Posso dire? È decisamente meno poetico. A chi è destinata 'sta pizza? Alle donne che vogliono fare a meno del fastidio e anche a quelle che lavorano. Io vorrei solo dire agli inventori di pillole una cosina: siete pazzi. Cosa vuol dire che è una pillola destinata alle donne che lavorano? Guardate balenghi che le donne lavorano tutte. Anche quelle che fanno le casalinghe o le mamme lavorano. Anzi. Forse anche più di quelle che stanno in ufficio. Non c'è nessuna donna che nella vita non fa niente. Quelle morte, forse. Ma santo cielo, siamo fatte così. È la nostra natura. Un po' di pazienza, diamine. Per chi ritiene che la quattro stagioni sia troppo pesante da digerire qualche altro genio a piede libero ha inventato la spugnetta con gelatina. La vendono in una vaschetta tipo micromarmellatina da colazione. Attenzione a non confonderla con la confettura di arance e spalmarla sul croissant. L'utilizzo è lo stesso del diaframma, quindi per me out. Io sono talmente impedita che non riesco neanche ad accendere il videoregistratore, rischierei di cacciarmela nel duodeno. Ultima trovata: il cerotto. Da cambiare una volta alla settimana e da appiccicare dove vuoi. Anche in fronte, così se te lo dimentichi tu qualcuno è in grado di ricordartelo. Mai chiedere al proprio moscardino: «Amore?! Dove me lo appiccico il cerotto?». In un attimo ve lo ritroverete sulla bocca e lui risolverebbe due problemi con un gesto solo. La Molly mi ha detto che lei ha sempre usato un solo rimedio anticoncezionale. Tutto naturale. La bagna cauda. E si è sempre trovata benissimo.

Fidanzati di riserva

Betty è caduta nel baratro. Sprofondata a testa in giù. Schiantata nell'anima e nel fisico. Lei, che è sempre stata una grande produttrice di utopie. Lei, che coltiva chimere come gli altri coltivano margherite sui balconi. Con Rodolfo è finita. Posso dire? Pace all'anima sua. 645 giorni di matrimonio. E ora son già con l'avvocato a tirarsi i coltelli. Se si tirassero dietro gli alimenti farebbero prima. Una confezione di würstel, una cassetta di mele golden, una chilata di rognone... risparmierebbero almeno il tempo della spesa. Molly era stata sua testimone di nozze. Se una le iatture se le cerca poi non deve lamentarsi. Mi ricordo che era arrivata all'altare in ritardo con un succhiotto sul collo lungo almeno 4 centimetri. In quel periodo era impegnata a rendersi felice con un nero del Senegal che vendeva braccialettini scacciasfiga davanti a Palazzo Nuovo. Betty lo amava, Rodolfo. L'aveva conquistato con la sottile arte di uno stratega ateniese e dopo, pazientemente, l'aveva addomesticato. Quando tornava a casa lui le faceva le feste, le portava le pantofole, e ogni tanto dopo cena uscivano a fare il giro dell'isolato. Un cagnolino. In tanti anni mai una pulce. Ma per il resto tale e quale a un bassotto da salotto. Rudy ha le gambe corte e il busto lungo, come i basset hound. Solo che invece di avere la postura orizzontale ce l'ha verticale. Sembrava andare tutto per il meglio. Betty passava le serate a lucidare le foglie del ficus e Rudy a parlare. Rudy è dotato di un potere paranormale. È come Uri Geller. La differenza è che Uri con la sola forza del pensiero piegava i cucchiai, mentre Rodolfo con la sola forza della sua mente collegata alla lingua è in grado di piegare le palle. Tutto lì. Ora è diventato addirittura feroce. Morsica. Un caimano incazzato. E ha fatto partire la rumba delle riappropriazioni. Si è portato via tutto. Ha cercato persino di scollare con un piccolo picconcino le piastrelle sopra il gas, quelle messicane, avendole pare comprate lui a Cuernavaca. Pretende anche metà della macchina. Dice che gli spetta. Capace che nottetempo si intrufoli in garage e la divida in due con una sega circolare. Povera, tenera, piccola Betty. Ci vuole qualcuno che la consoli. In questi casi il toccasana sono i fidanzati di riserva. Quelli mollati da tempo. I revival affettivi, i sicuri ripieghi del cuore, le boe galleggianti nella tempesta. I fidanzati di riserva sono come i vestiti fuori moda. Non ce la fai mai a sbarazzartene per davvero. Li tieni lì, in una piega del cuore, chissà mai che. Prima o poi potrebbero tornare di moda. E infatti. In questi casi li puoi rispolverare. Tirar fuori dalla naftalina. Però non devi illuderti. Li puoi rimettere addosso per una sera soltanto. Anche tutta una notte se hai freddo. E basterà. Basterà per consolarti ma anche per accorgerti che purtroppo sono tristemente e irrimediabilmente passati di moda.

Gli uomini preferiscono le mute

Io vorrei tanto che un maschio qualsiasi mi decifrasse questo rebus. Mi dipanasse 'sta matassa. Com'è che voi, terminator della mutua, uomini sapiens, che la sapete sempre lunghissima, vi fate imbambolare sempre dalle fighe mute? Dalle belle senz'alito? Perché vi lasciate intortare da quelle forme di vita silenti che rilucono senza emettere suono? Vai a sapere. Nebbia fittissima. Trovatemi un essere umano di razza maschia che non caschi affascinato da una femminuccia tacita, che non sbavi di fronte a una bella statuina, che non cada in ginocchio dinnanzi a una figa di cartone. Quelle lì, le dive del muto, sono un pericolo per il genere maschile. Attenti a voi, teste di zucchino. Io le ho studiate attentamente. Ho analizzato i loro comportamenti come faceva Konrad Lorenz con le papere. Ora vi dico. Le anime morte di Gogol fan così. Passano tutta la cena sedute a tavola senza dire né A né BA. Solo giocherellando con una briciola di pane. Socievoli come un mazzo di ortiche. Ogni tanto alzano gli occhi da cerbiatta, fanno lo sguardo assassino della donna ragna, lasciano cadere impercettibilmente il labbro inferiore incenerendo il cuore dei poveri pirla e risvegliandogli contemporaneamente i gioielli della corona, e poi? Fine. Ritornano a fissare la briciola. Minchia che nervi. Tira su quel labbro e di' qualcosa, maledizione. Emetti suono. Mi basta anche solo che tu faccia rumore quando mastichi. Sai cosa ti farei? Ti picchierei in testa la guida telefonica. Ma di costa, che fa più male. Giusto per vedere se fai almeno «ahi». Ma perché visto che sei così figa non ti trasferisci su Venere, dove piove acido solforico tutto il giorno? Te lo dico io come sei. Sei come l'acqua leggermente frizzante. Sgasata. Per capire cosa pensi devo sottotitolarti alla pagina 777 di televideo. Forse hai la lingua corta come le cocorite. O magari sei svenuta. Perfetto. Ti prendo a sberle così rinvieni. Certo è che una che sta zitta affascina di più. Più di una che bercia tutta la sera, che non smette mai e sembra abbia in bocca un autoreverse. Ma poi? A lungo andare? O riacquista la parola oppure nella coppia sarà carente il dialogo. Secondo me i maschi, invece, accecati dai loro cromosomi xy, si illudono di portarle a letto e poi di trasformarle in ululatrici licantrope. Sì. Ciao le balle. L'indesiderabile Ettore. Quel portento di demenza. Dai e dai, a suon di smancerie, una sera riesce a portarsi a casa una di queste pive sgonfie. Con i baffi imperlinati di sudore comincia a baciarla sul divano. Solo il rumore del frigo. Improvvisamente la mummia riprende vita, grugnisce, e poi come posseduta da forze sconosciute comincia a mugolare. Ma in piemontese: «Sì... Sì... parei... parei...». Risultato? Ci ha messo più tempo lui a terminare il match che Michelangelo a dipingere la Cappella Sistina.

Tan tan tan!

Mi indigno. Mi stizzisco. Di più, guarda. Mi incazzo furiosamente. Perché non è possibile. Ogni telegiornale è un tifone Isabel di ansia. Ormai vedere *Shining* o un tg è la stessa cosa. Medesimo livello di tensione. L'informazione sempre al secondo posto. Prima la lista interminabile delle sfighe. Che fa più audience. E quello che si fulmina, e quello che si spetascia, e quello che precipita, persino quella che partorisce sul marciapiede. Da un po' si è aggiunta anche la moda dell'emergenza. Tu sei lì a tavola, tranquillo come un fringuello, che rosicchi la crosta del castelmagno (mai sprecarne niente, con quello che costa), e ti appare la Cesara a dirti che sei in stato di massima all'erta. O signur. C'è l'emergenza e io sto qui come un cretino in mutande a mordicchiare il formaggio. Emergenza black out. Emergenza stadi. Emergenza pensioni. Emergenza cagnoni. E poi soprattutto emergenza maltempo. Allora. Capiamoci. Bisogna dire a Sposini, a Fede e a Giorgino di stare calmini. Che non è sempre catastrofe, il più delle volte sono solo le normali quattro stagioni di Vivaldi. Forse quelli del tg si sono dimenticati che in estate fa caldo, anche molto caldo, e in inverno fa freddo, anche molto freddo. Che i fiumi ogni tanto hanno la piena, che a Natale è abbastanza prevedibile che nevichi, a Ferragosto è normale che ci siano i temporali, a Trieste è normale che ci sia la bora, a Milano è normale che ci sia la nebbia e a Venezia succede che ci sia l'acqua alta. Non è sempre tragedia, cribbio. Perché di questo passo quando arrivano veramente i guai non ci crediamo più. Invece si sprecano i servizi sul maltempo. Basta mettere la solita colonna sonora inquietante che fa TAN TAN TAN e un gufaccio di speaker che ti scarica addosso un rimorchio di panico e chiosa con un: «Ma il peggio deve ancora arrivare». Minchia. Fammi toccare ferro, razza di menarogna. Anche nei quiz televisivi ormai serpeggia 'sto morbo schifoso. C'e ansia anche lì. Ma poi per cosa? Per rispondere alle domande di Amadeus. Che fa tutto fuorché paura. Un'agitazione dell'altro mondo per domande del tipo: il famoso Topolino dei fumetti che bestia è? TAN TAN TAN... 1) un vitello 2) un cane 3) un armadillo o 4) un topo... TAN TAN TAN... E l'idiota del concorrente sta pure lì a pensarci... E lo fa ad alta voce... «Dunque, topolino... vediamo... un vitello non mi pare...» Ma io non ci credo. Ma io vengo lì, ti prendo per le orecchie e ti do tante testate. Te le tiro tanto, ma di quel tanto, quelle orecchie, che ti faccio venire i padiglioni di Topolino. Vedi poi che la risposta esatta la dai in un baleno.

Ci mancavano i metrosessuali

Rullo di tamburi. Sono lieta di annunciare che Molly è ritornata single. E con lei anche Rosadele, Pilly, Marisa e Marcella. Un bel full di femmine vintage scaricate su un mercato che è già saturo da bestia. Ma sì. Quando si chiude una porta si apre una finestra, le ho consolate. «Certo. Per battarti di sotto» ha puntualizzato Molly. «Donna spaiata, donna sfortunata» ha aggiunto Marcella sfoderando uno dei suoi migliori sguardi torvi. «Qualcuno ti ha per caso avvertito che abbiamo quasi 40 anni?» E allora? Siete nel pieno della maturità. Siete delle nespole gonfie e succosissime. Troverete il vostro Robin Hood. «Ma abitiamo a Nichelino, non nella foresta di Sherwood» mi ha pigolato Pilly che per il suo stomachevole marito ha fatto anche otto mesi consecutivi di dieta e ora è uno spettro. Rosadele, che è una mezza maestra di yoga, non pronunciava verbo, spalmata com'era sul tappeto nella posizione del cadavere, mentre Marisa frignava scuotendo la testa rassegnata, con gli occhi tondi e lucidi come quelli dei peluche: «Il problema è mio. Io non amo. Asfissio. Devo imparare a praticare l'amore passivo». Buona idea. E magari cambia anche acqua di colonia che la tua sa di raid mosche e zanzare. Quando l'umore stava precipitando in picchiata, Molly ha avuto una impennata di autostima e ha sentenziato: «In alto i vostri cuori. Non perdetevi d'animo. Lo troverete uno scampolo di scapolo in saldo. Per quanto riguarda la sottoscritta, cioè me, non c'è problema. Prima o poi lo beccherò il mio principe azzurro. Lo stanerò. Lo braccherò. Cercherò fino allo spasimo. Quel disgraziato si è nascosto chissà dove». Misericordia. Sarà mica Bin Laden? ho sbottato... e poi, sentendomi cinque paia di occhi addosso, sono partita con una serie di sbadigli a vuoto, finti, come quelli dei cani quando si sentono in imbarazzo. Il fatto increscioso è che di maschi liberi in circolazione ce ne sono pochissimi. O sono accasati o sono gay. E detto tra noi i maschi gay sono in aumento vertiginoso. Non mi spiego come mai, visto che non possono riprodursi. Già ci sono sette donne per ogni uomo, se questo poi è pure finocchio, benedetto il cielo, le cose si fanno problematiche. Gambi di sedano e finocchi. Solo roba da pinzimonio. Adesso va di moda l'uomo metrosexual. Che non è quello che la mattina prende il metrò facendo il maniaco sessuale con l'impermeabile aperto, ma il maschio che non rinnega la sua femminilità. Vale a dire l'Adamo che, amando più se stesso di Eva, si mette il fondotinta, si spinzetta le sopracciglia, si depila, si fa la manicure. Abbiamo voluto la parità? Siamo diventate mezzi uomini? Loro son diventati mezze donne. Ci sta bene. Così impariamo a confondere i ruoli. E ora ci tocca fidanzarci con gli emuli di Re Pompone sognando camionisti con il lato femminile ben nascosto.

Nonna Jessica e nonno Maicol

Quella gran testa d'ebano di Giuditta ha partorito. Che il cielo la benedica. Le era cresciuta una pancia di dimensioni tali che pensavo avrebbe partorito per esplosione. La balenga è riuscita ad arrivare in ritardo anche in sala travaglio perché ha scambiato le doglie per colichette da esubero di carbonara e si è imbottita di buscopan. E mentre partoriva le han rubato pure il telefonino. È venuta alla luce: Elettra. Col suo carico di watt, mi verrebbe da aggiungere. Un nome impegnativo, le ho detto. Ma lo sai che Elettra nella tragedia greca ha aiutato suo fratello Oreste a uccidere la madre? «Sì però sua madre era una stronza.» Trovi? Francamente liquidare così la tormentata Clitennestra mi pare un filo riduttivo. Elettra è deliziosa. Un confettino. Con quelle due orecchiette tonde e perfette che sembrano i manici di una tazzina. Giuditta mi ha confessato che è un po' invidiosa della sua vicina di letto, quella sulla destra, quella pettinata come la Gioconda, con la camicia da notte rosa trasparente che sembra fatta di pelle di salsiccia. La salama, in occasione del lieto evento, ha ricevuto in dono dal marito un anello con uno smeraldo grosso come una pesca noce. Lei ha chiesto a Pinuccio, quel tamarro senza rimedio, di ricomprarle almeno il telefonino. «Scordatelo» l'ha rimbrottata. «Avevi solo da fare attenzione. Potevi portartelo dietro in sala travaglio.» «Certo. E magari mentre mi ricucivano approfittare per fare una telefonata alla banca e chiarire una volta per tutte se rimborsano le parmalat.» Suo marito Pinuccio è sempre stato un troglodita. Da fidanzati, la prima volta che l'ha invitata a cena a casa sua, le ha preparato la trippa. Dài, su. La trippa a lume di candela non è certo il massimo dello stile. Per dovere di cronaca la bedda madre ingioiellata ha chiamato il suo pupetto Yuri. Come Gagarin? le ho chiesto. «No». Come Jury Chechi, allora? «No, no. Come Yuri il personaggio dei cartoni animati.» Tornando a casa pensavo. Anche questa generazione, prima o poi invecchierà. Ça va sans dire. E diventerà nonna. E quindi fra qualche anno non ci saranno più i dolci e cari nonna Rosa, nonna Maria, nonno Giuseppe. No. Il nostro futuro sarà costellato di nonna Jessica, nonno Maicol, nonna Samantha, nonno Yuri. Andati in pensione tardissimo, a 70 anni suonati, dopo aver passato la vita a fare i deejay. I deejay. Quelli che lavorano alla radio o in tv, non hanno niente da dire però lo dicono in inglese. Non sapevo cosa regalare a Giuditta. Oro, incenso e mirra mi sembravano doni un po' scontati. Le ho comprato un fiocco. Di quelli da appendere alla porta. Saranno pacchiani ma a me mettono allegria. Io attraverso la strada per guardarli da vicino. Quelli con su scritto: mamma è felice, papà è contento e io mi presento: Gilberto. E penso: benvenuto Gil. Ti faccio posto. Vieni, che di sole ce n'è anche per te.

Fratelli e coltelli

Gente che fate figli. Esseri umani che usate i genitali per riprodurvi e non solo per divertirvi, gente che vi siete presi l'impegno di procreare e mantenere viva la nostra specie umana di bipedi pensanti, datemi retta. Non fate mai un figlio solo. Fatene almeno due. Oppure trovatevi altre occupazioni. Andate al cinema alle dieci e mezzo, iscrivetevi a un corso serale di andaluso, cimentatevi tutti i dopo cena con un puzzle delle paludi di Comacchio da almeno 10.000 pezzi. Tutto va bene pur di non fare figli unici. E non solo per i mille euro di bonus. L'erede unico cresce viziato perché la legge della giungla la sperimenta troppo tardi. Fratelli e sorelle invece minacciano la tua sopravvivenza da prestissimo costringendoti a segnare il territorio. Nadia è un pezzo di dolomite. E sai perché? Perché quando era piccola suo fratello gemello la usava come scalino. Le saliva sulla schiena e saltava fuori dal box. Da allora lei ha imparato a non piegarsi mai davanti ai potenti. Io invece mi sono spaccata la testa da sola a 6 anni facendo superman dall'armadio della camera da letto dei miei e sbagliando mira. Non ho imparato niente. Mi è rimasta solo la cicatrice e lì i capelli mi crescono con la rosa. Bea non ha mai sofferto di depressione. Tutto merito dei suoi fratelli. Che le avevano fatto credere di essere invisibile perché nata da una puzzetta di sua nonna. Sublime. Ora è una vera wonderwoman. Però i sommovimenti intestinali altrui un po' la turbano sempre. Elvira ha due fratelli. Attilio, il più grande, l'ha tormentata dalla culla. Le metteva le macchinine telecomandate in testa e le annodava i capelli alle ruote, la spediva a dar fuoco ai piedi del nonno quando quello faceva il pisolino, a tre anni le ha pulito l'orecchio con un chiodo, poi siccome da grande sognava di fare il lanciatore di coltelli la costringeva a stare delle ore a braccia aperte tirandole biro, righelli e qualsiasi diavoleria appuntita trovasse per casa. Una volta l'ha fatta vestire da fantasma e poi con un pugno le ha tirato giù un incisivo. Poi è nato Giacomino. E in meno di un mese Elvira è passata dal ruolo di vittima a quello di carnefice. All'inizio lo lanciava sul lettone per vedere quanto rimbalzasse e giunto il tempo del seggiolone aspettava che venisse ben legato e poi di nascosto gli tirava gli elastici in faccia. Il giorno del terzo compleanno per festeggiare gli tagliò il ciuccio a pezzetti con le forbici, lo mise nel vasino e ci fece la pipì sopra. Dopo infanzie del genere le maturità sono strade in discesa. È pur vero che tra fratelli ci si accapiglia anche da grandi, quando di suonarsele come tamburi non è più il tempo. Così si interrompono per anni i contatti e si finisce dalla De Filippi ad aprire le buste. A parte la sottoscritta che ci finisce lo stesso. Quando si dice il destino avverso.

Interdet

Giuro di dire la verità, tutta la verità, nient'altro che la verità. Anche se temo che per diventare madre dovrò aspettare un'altra vita. Giuro che se mai il cielo, in un attimo di distrazione, mi metterà in grembo un figlio, non spedirò mai la sua foto via e-mail. Perché voglio bene ai miei amici. E voglio che loro imparino a voler bene a mio figlio. Le foto dei pupi su internet sono l'ultima piaga d'Egitto. Capisco che un figlio è un evento di tale magnitudo che vien voglia di condividerlo con gli altri. Ma vediamoci in pizzeria. Tieniti 'sta benedetta foto nel portafoglio come facevano i nostri papà o ficcatela sul display del cellulare al posto del culo di Pamela Anderson ma non intasarmi la posta elettronica. Io non posso farmi l'abbonamento a FastWeb perché i miei amici sono impazienti di farmi sapere quanto i loro pupi stiano crescendo a vista d'occhio. E Vanessa sul vasino, e Giovanni Maria che sputa la pastina, e Lucilla con la crosta lattea e Albertino che legge in curdo. Lo so. Sono un'arida merda. Forse basterebbe cambiare il computer. Però quando la tua briciolina aveva otto mesi mi stava tutta in 20 kilobyte ma adesso che ha tre anni non mi puoi mandare la sua gigantografia a grandezza naturale vestita da principessa Sissi perché non mi basta mezz'ora di download. E con 30 minuti di download mi scarico tutto *Via col vento*. Io, tua figlia, la voglio vedere di persona. Non abiti in Australia. Stiamo a cinque isolati di distanza. Venite a trovarmi. Vi preparo il succo di frutta. Mi intristisce scoprire che la tua piccolina cresce dall'aumento dei byte dei tuoi allegati. Ma la cosa che più mi fa impazzire, quando si parla di figli, è sempre il torrente impetuoso di cretinate che sgorgano davanti a un pupo appena nato. La prima nella hit parade è: a chi assomiglia. Notasi che si tratta di un neonato. Quindi appena uscito dalla crisalide, con un facciottino a pallina, un paio di capelli, e un misto di piegoline che lo stropicciano tutto. Ma i parenti non hanno dubbi. Quelli dalla parte di lei trovano che sia il ritratto della mamma e quelli dalla parte di lui notano che il pupo è tutto suo padre. E poi c'è l'outsider, il pirla comprovato che scova somiglianze che in un lampo si trasformano in offese. «La piccola Pierina è uguale sputata a zio Pino.» Peccato che zio Pino sia un cefalo imbarazzante e abbia una zappa al posto del naso. I bimbi sì che sanno essere meravigliosi. L'altro giorno porto mia nipotina a fare la spesa. A un certo punto una signora con un gigantesco sacchetto di caramelle in mano si sporge verso di lei facendole le moine e gliene offre una. Lei la prende e io, per insegnarle l'educazione, intervengo con il classico: «Come si dice?». E la bimba risponde: «Tirchia». Mia nipotina è un genio. Devo assolutamente spedire la sua foto ai miei amici.

La dieta del gorgonzola

L'esimia Molly si è rifidanzata. Ma non con un ragazzo
della Compagnia delle Indie. Con un falco della Cornova-
glia che di professione fa il vigile urbano. Proprio lei. Che
non ha ancora capito che non è come al supermercato. Che
sulla patente i punti non te li mettono. Te li levano, e alla
fine non ti regalano neanche un'insalatiera. Pare che lui
sia molto galante. A letto, invece di saltarle sulle piume,
sta fermo e le dice: «Accosti per favore». Un pirla di marca
rinomatissima. Adesso però lei fa quella che la sa lunga. E
qualche giorno fa, a un conclave di balenghe, ci ha detto:
La donna deve avere due sole amiche: la bilancia e lo
specchio. Molto bene. Cominciamo dalla prima. Elvira,
che pesa come un cetaceo adulto, ha preso l'appuntamento dal dietologo, Bea dall'omeopata, Bice dall'allergologo,
io dall'ayurvedico. Tutti concordi. Niente latte e zero for-
maggi. Yogurt? Manco parlarne. Via il grano, vade retro
lievito, gli insaccati che il cielo li bruci. Uova no. Pomodo-
ri no. Cavoli guai. Niente caffè. Niente vino. Zucchero meglio di no. Cioccolata lasciamo perdere. Quindi? Che dobbiamo fare? Sederci a tavola e succhiare la forchetta? Ma
no. Ci rimane della succulenta pasta di farro e del delizio-
so pane di kamut. E poi del becchime misto: riso, soia, or-
zo e miglio. Cibo per i pennuti. Bea ci ha provato. Posso

dire? Sta un filino peggio di prima. Io ho cercato una spezia per la zuppa di soia verde: la assafetida, che già etimologicamente non prometteva niente di buono. Puzza come il piede di un muratore. Non ce la posso fare. Ma possibile che non ci sia un medicone, un santone piemontese? Uno di Bossolasco. O di Ceres. Un outsider. Che non ti guarda l'iride, non ti legge l'aura, non ti sfiora il polso. Tu vai lì e lui ti tocca il culo. Zic. Veloce. E poi ti prescrive la dieta. Via la soia, niente fagioli azuki, basta col riso basmati. Gorgonzola. Gorgonzola a pranzo e a cena. Sì al bollito misto. Ok alle acciughe al verde, molto bene il cotechino con purea. E la mattina appena svegli un bel bicchiere di bagna cauda. Fredda. Non so quanto lo pagherei. E passiamo al secondo amico della donna: lo specchio. Ho letto su Starbene di questo mese che gli interventi chirurgici per piallare le rughe sono demodé. Che è meglio andare sul naturale. Punturine di ovaia di scrofa e microiniezioni di sperma di trota. Lo GIURO. Ma io mi chiedo. Ma come ti è venuto in mente grandissima testa di minchiazza? Vuoi dire che tu, cosmetologo delle mie cime di rapa, ti sei svegliato una mattina e ti sei detto: aspetta un po' che provo a sbattermi sulle occhiaie un troto maschio in piena tempesta ormonale... chissà che... Io invoco di nuovo l'avvento del santone di Bossolasco. Voglio lui, che mi dica che per levare le zampe di gallina bastano piccoli impacchi di insalata russa.

Il biscione e la tarma

Sono in gramaglie. Quel vitello tonnato di Ridge di Beautiful mi è finito dentro un forno. Flambé. Cotto. Arrostito come un capretto. Lui e la sua mandibola. Io ho assistito in diretta alla cottura e devo dire che è stato un momento di altissima televisione. Ora quella sciagurata di Bruc, che l'ha data via quanto basta, è lì che si lagna: tempo un paio di puntate sarà già pronta a farsi un giro di lenzuola con un suo cognato. Tanto il mascellone ritorna, risorge già prima di Pasqua. Che nostalgia quegli sceneggiati bellissimi... Il Mulino del Po, la Cittadella, E le stelle stanno a guardare... tutta roba che ti faceva venire voglia di metter su famiglia. Adesso c'è Beautiful. E la famiglia ti vien voglia di fartela col vicino di pianerottolo o col cognato di tua zia. Quello che non reggo poi è questa gara continua: Rai e Mediaset. Mediaset e Rai. Una che copia l'altra. Una c'ha il biscione, l'altra c'ha la tarma. Alla Rai c'è Crepet, di là c'è Morelli. Alla Rai c'è Malgioglio, a Mediaset l'Uomo gatto. Alla Rai c'è la Carrà che fa piangere e balla, a Canale 5 c'è la De Filippi che fa piangere soprattutto quando balla. Adesso a Italia Uno mi è rispuntata persino la Pivetti. La monaca di Monza. Madame Brutal. E alla Rai stanno convincendo Casini a mettere il conchiglione e danzare in prima serata lo Schiacciaballe di Čajkovskij. A me piace tanto Mirabella. Perché è bravissimo a divulgare le malattie. Tu lo vedi alla domenica sera? Il lunedì mattina c'hai già tutti i sintomi. E poi adoro Carlo Conti. È strepitoso. Solo che quando lo vedo mi vien sempre da pensare: certo che la vita è strana... Michael Jackson si è fatto sbiancare e lui s'è fatto annerire... Mah. E poi mi piace Tiberio Timperi. Bianco con gli occhi verdi, come le rane albine. Ma parliamo delle soubrette che non invecchiano mai. Né alla Rai, né a Mediaset. Non hanno una ruga, son tutte lisce come lavabi. La Carlucci, per dire. È sempre uguale. Ma come fa? Condisce gli spaghetti col Lasonil? Dorme a mollo nella formalina? E la Licia Colò? Più passa il tempo e più ringiovanisce. Adesso si fa persino i codini e mangia gli ovetti Kinder. Sarà che alle falde del Kilimangiaro c'è un altro clima. In televisione non puoi permetterti di invecchiare. Soprattutto se sei una donna. Se invecchi ti inquadrano da lontano. Sullo sfondo. Oppure ti sparano in faccia un faro di 5000, quelli da circo. Così ti spariscono le zampe di gallina ma ti si cuociono le cornee. Esci di scena e sbatti contro le quinte perché non vedi più una mazza. Adesso va tanto di moda Bruno Vespa. Pare che in suo onore si sia aggiunta persino una nuova posizione del Kamasutra. Si chiama: «Posizione del missionario Porta a Porta». La collocazione degli amanti è la medesima solo che lui mentre fa l'amore deve canticchiare: Ta ri ra riiiiii, ta ri ra raaaaaa, sulle note di *Via col vento*.

L'assorbente da treno

Siamo dentro al tunnel... el-el-el-el... del rimbambimento o-o-o-o. Ci risiamo ragazze. Quello della tipa che si lanciava dal biplano con un assorbente in pugno sembrava solo un brutto ricordo. E invece: voilà. Sono passati anni e siamo da capo. Da qualche giorno in tv è sbocciata una nuova pubblicità dove noi finferle torniamo a essere le imbecilli di sempre. Ci sono così poche certezze nella vita e una di certo è il fatto che quando le donne hanno a che fare con gli assorbenti perdono l'intelletto. Van via di testa. Torna di nuovo il mezzo di trasporto, è un classico che piace. Ma visti gli scioperi continui dell'Alitalia si è preferito puntare sul treno. Ora un manipolo di fulgide cretine, trovandosi tutte insieme in treno per andare spero affambagno (e dico affambagno perché sono una duchessa che usa un linguaggio aulico, ma mi verrebbe da dare tutt'altra destinazione...), vistosi invaso lo scompartimento da un improvviso fetore di catrame, per cacciar via l'olezzo cosa fanno? Quello che tutte le donne farebbero. Tirano fuori dalla borsetta un assorbente e lo sistemano sulle prese d'aria dello scompartimento. Lì, bello appoggiato al bocchettone del riscaldamento. E ridono. Ma cosa ridi? Deficiente. Luminosa stella che risplendi nel firmamento delle idiote. «A volte si fanno le cose senza pensare perché se solo si pensasse un po' di più...» Infatti. Se solo non ti andasse subito in cortocircuito il cervello di cose da fare ne avresti. Potresti tirar fuori dallo zainetto il tester dello Chanel n° 5 che hai rubato sotto Natale da Camurati e spruzzarne un soffio, per dire... potresti cambiare scompartimento magari, oppure, senti qua, fartene una ragione. Manca mezzo minuto alla partenza del treno. 30 secondi e i lavori di rifacimento spariranno dalle tue nari per sempre. No. Meglio l'assorbente che profuma. Di che non ci è dato sapere. Rabarbaro? Genzianella? Ylang ylang? Tropical, mango e papaia? Fremo. Per stare sul pezzo un assorbente profumato al frutto della passione sarebbe indicatissimo. Speriamo che qualcuno ci pensi. Cosa faranno le nostre eroe le prossime puntate? Appenderanno il pannolino allo specchietto della macchina al posto dell'arbre magique? Se lo legheranno agli alluci per contrastare la puzza di piede oppure, nell'eventualità che qualcuno le sposi, ne faranno un bouquet e lo intrecceranno ai capelli al posto dei fiori d'arancio? Chissà. Per ora si limitano a ridere a crepapelle. E quando entra il signore distinto, che ha tutta l'aria di essere un direttore del personale, squittiscono come topi da granaio. Lui le guarda e intanto pensa: faccio bene a non assumerle le donne... Sono così sceme.

Donne panate

E vogliamo per caso parlare delle mamme della pubblicità? La mamma delle panatine. Allora. Le statistiche parlano chiaro. In Italia le donne ormai fanno figli dai 30 anni in su. Prima devono trovare un lavoro, poi una casa, poi un uomo. Catturato il maschio devono convincerlo a procreare, poi artigliarlo alle proprie gonne quando gli comunicano il lieto evento... Insomma. Una donna fortunata un figlio lo fa a 40 anni. E allora ditemi. È umanamente possibile che la mamma delle panatine ci abbia 20 anni e un figlio di sette? Qui i conti non tornano. Ha fatto un figlio a 13 anni come in Africa? L'ha fatto in prima media col suo vicino di banco? In tempo record: Cinque minuti solo cinque vedrai. Certo. È con le panatine che ti innamorerai, cretina. Altro che serenate e tramonti infuocati. Il segreto del batticuore sta nelle micromilanesi. Poi, mio dolce piccione, devi prendere bene la mira ed evacuare in testa a quella della pubblicità della pasta. Due balenghi, senza arte né parte, trovano così, per caso passeggiando, una casetta fichissima in riva al mare e dopo un secondo netto ci vanno ad abitare. Io ho controllato. Una casa così in Italia non c'è. Non esiste. Io non sono neanche mai riuscita a trovare un albergo a mezza pensione in riva al mare, manco un campeggio scrauso dove mettere la roulotte. Lei invece arriva e cosa fa? Tira fuori una confezione di pasta e la infila nella finestra. Che ci sta giusta giusta. Ma demente, guarda almeno se c'è il tetto da rifare prima di cuocere i maccheroni. Controlla che non ci siano pipistrelli morti in giro. Un attimo dopo è già bell'e che sposata, coi capelli tagliati da Geppetto, due figli e il solito gomitolo di ziti fumanti sotto il naso. E quello che fa incazzare è che non ha messo un etto. Nonostante l'esubero di carboidrati. Sempre meglio lei di quella cafonaccia che in sala d'aspetto, mentre sfoglia una rivista, rutta. E sembra quasi che se ne vanti. Per l'amor del cielo... Amato piccione. Mi raccomando. Prima di ritornare sulla tua grondaia, non dimenticarti di lasciare un souvenir in testa anche a tutti quei disgraziati che nelle pubblicità dei liquori si graffiano e si sfregiano. Io non li ho mai capiti. I casi sono due: o son cretini o prendon l'aperitivo in un posto pieno di gatti. E cambiare bar?

Che cellulare c'hai?

Mancava. Mancava proprio. Ma poi per fortuna qualcuno ci ha pensato. Un essere superiore, un vero concentrato di furbizia, al quale non finiremo mai di dire grazie, ci ha scaraventato sul mercato un oggettino di cui la nostra vita insulsa non poteva più fare a meno: il fichissimo cellulare che fa le foto. Sentivo un grande vuoto dentro al cuore... e adesso finalmente capisco cos'era: che non potevo fotografare col telefonino. Che stupida. Avevo settecento euro in tasca e la desertificazione dell'anima in petto. E non comprendevo il perché. Ma adesso sì che la mia vita ha riacquistato un senso. Ora non mi resta che aspettare con ansia il momento in cui potrò fare la maionese col cordless e telefonare col boiler. Anche friggermi due uova sul videoregistratore non mi dispiacerebbe. Mio dio. Siamo proprio alla frutta. Altro che Sars. Questa sì che è una vera e propria intossicazione atipica. Senza antidoti. La diagnosi? Sindrome cellularica da dipendenza cronica. Con tanto di crisi di astinenza. Per guarire tocca chiudersi in una comunità di recupero. C'è gente che vive aggrappata al cellulare. I maschi soprattutto. Che fanno qualsiasi cosa col telefonino. Dall'amore alla cacca. Ebbene sì. Da una recente indagine sociologica mi risulta che almeno l'80% degli utenti maschi usi il telefonino in bagno. È vero che gli amici si vedono nel momento del bisogno ma non pensavo così alla lettera. Il biondo studentino di Marcella invece di stringerla sul cuor al Valentino, le telefona dal cesso. Che poesia. La chiama regolarmente 2 volte al giorno. Se poi mangia qualcosa che gli fa male anche 3 o 4. Quando gli prendono gli attacchi di colite 7 o 8. Solo la stitichezza potrebbe segnare la fine del loro rapporto. Quell'anomalia ambulante del moroso di Pilly, che è seriamente menomato nella sfera della comunicazione, le manda soltanto messaggini. Ma siccome non sa usare la punteggiatura le scrive cose del tipo: CENEBBIAPUNTOINTERROGATIVO. Il cugino di Marisa al contrario ha un solo cellulare e tre schede telefoniche. Una per ogni amante. Poi quando le molla butta via la scheda. Per Ettore il cellulare è diventato un'ossessione. Lo cambia continuamente. È l'unico suo argomento di conversazione. Se hai un Nokia del '98 non ti rivolge nemmeno la parola. Si compra telefonini sempre più piccoli. Sempre più cromati. L'ultimo, che era lungo come un gianduiotto, gli è morto nel water. Affogato. Sua moglie Elvira, che è una saggia, ha sentenziato: credimi, i cellulari sono l'unica cosa che gli uomini sono fieri d'avere piccolo.

Dichiarazioni d'amor

Per l'amor del cielo, Molly mia. Ti strasupplico. Mollalo.
Digli che vada a starnazzare in un altro cortile. Sciò. Quell'uomo lì non vale una cicca. E poi, te lo dico con un eufemismo? Non ti ama. Ed è anche un maranza da paura.
Non ti sei accorta che mentre ti parla si sistema continuamente il volatile? A Natale io l'ho visto che scavava il panettone con le dita. Con quei capelli ridicoli. È pettinato come una ghianda, col caschetto alto e corto sopra le orecchie. Molly?! Dammi retta. Levati dalla testa una volta per tutte che l'amore si compia solo in orizzontale. A letto, dico. L'amore è verticale. È quotidiano all'impiedi. È fare insieme la vita. Dai. Ora le tue labbra puoi spedirle a un indirizzo nuovo. Se vuoi ti cerco quello di Legrottaglie che ti piace tanto. Lo so. Ti senti sola. Sola come una scarpa spaiata. Sola come una passera solitaria al quarto piano di via Bidone. Be', concediti tempo, anche per guarire. Nella fine delle storie d'amore l'importante è dare un taglio netto. Se non va non va. Come cantava Pacifico a Sanremo:
Sfila la lama dalle carni, lasciami andare amore mio.
Quando si lascia un uomo bisogna utilizzare la stessa tecnica della ceretta. Ho scoperto di avere addosso un amore peloso? Bon, lo tolgo. Ma in modo drastico, alla radice.
Non è che sto lì col rasoio, pian pianino, tric tric, convinta

103

che faccia meno male. I fidanzati sono come i peli. Se non li diserbi in maniera definitiva, se li gratti via dolcemente col Mac tre, ritornano. Rispuntano. Prima piano piano, poi si fan più tosti e nel giro di un quindici giorni sei da capo. Invece no. Strappo. STRAC... CHEMALE. Un colpo solo. Dolorosissimo. Intenso ma più breve. Pensi forse di avere sette vite come i gatti? Ne hai una sola, pistilla. Non perdere tempo. E attenta a non strappare la ceretta un po' per volta che fa ancora più male. E alle altre, quelle che un maragià ce l'hanno da un pezzo, un consiglio. Impariamo a festeggiare le cose che funzionano. Le buone convivenze. Non ci sono solo le dichiarazioni dei redditi nella vita di coppia. Ci sono anche quelle d'amore, che per fortuna non hanno neanche bisogno del commercialista. Provate anche voi mariti: «Sto insieme a questa palandrana da 12 anni. Fatico, la strozzerei almeno una volta al giorno, ma se un'altra vita ci sarà io voglio incontrarla ancora. E grazie Pino che quando mancano le parole d'amore tu sei un rifornimento sicuro». Oppure: «Tu che mi hai preso il cuor... mi hai fatto venire anche un fegato così. Ma pazienza». «Amore, quando mi baci sento le campane. O ti levi il piercing dalla lingua o mi devo levare io i molari d'oro.» «Tesoro, sei tutta una curva. Fammi solo stare davanti perché patisco.» «Dolcezza. Sono ormai passati 20 anni e mi accarezzi ancora come la prima volta. Soltanto il culo e soltanto sul tram.»

I masochisti della pizza

Mai vivere di rimpianti, dicono i saggi, e allora in qualità di grilla parlante oggi mi scappa di dire qualcosina sulle pizzerie. Mettiamoci pure in pari con le polemiche sennò qui ci si riduce a discutere all'infinito del getto salivare di Totti. Da un po' di tempo a questa parte va di moda il sabato sera far la coda in pizzeria. Ogni città detiene 4 o 5 locali cult, che il passaparola ha decretato sovrani, e tutti sgomitano per andare lì. A costo di fare la coda per ore. A costo di prenotarsi con gli stessi tempi di attesa di un'operazione alla cataratta con la mutua. Ma io non ci credo. Ma già ti rompi i maroni tutta la settimana in coda alla posta, al casello dell'autostrada, allo sportello del bancomat, quando finalmente potresti rilassarti e gozzovigliare in pace con gli amici, sei masochista fino allo spasimo e mi passi la serata a far la coda sul marciapiede davanti alla vetrina di una pizzeria? Posso dire? Secondo me sei una sovrumana testa di minchia. Troppo benessere acceca il buon senso. Ma ragazzi... una pizza è una pizza. Lo so bene anch'io che non sono tutte uguali. Oggettivamente ce ne sono di più buone e di meno buone. Ma ripeto. Una pizza è una pizza. Come la poetessa Gertrude diceva che una rosa è una rosa. Qui non si discute di un piatto elaborato di alta cucina ma di un pezzettone di pane con sopra della mozzarella e del pomodoro. Non dimentichiamocelo. Una volta se dicevi: Andiamo a mangiarci una pizza? Intendevi esprimere questo concetto: Andiamo a mangiarci una cosa semplice, veloce e poco costosa. Adesso è l'esatto contrario. Ti sbatti per ore, paghi una mazzata e devi romperti la testa a scegliere come minimo in un elenco di 50 pizze. Ora non bastano più le classiche margherite, marinare, napoletane, funghi e prosciutto e quattro stagioni. Tradizionali, per carità, ma armoniche nei loro sapori. Ora si dà sfogo alla fantasia e si butta sulla pizza qualsiasi cosa. Si va dalla Montagnina coi funghi e la muffa, alla pizza Allergica con polline e pelo di gatto misto, passando dalla Maratona con pomodoro fresco e scarpa da ginnastica tritata per finire alla pizza A Sorpresa dove il pizzaiolo ci scarica sopra quel che gli pare e se quel giorno gli girano le tartacule sono tutti fatti tuoi. Altra moda è quella di fare le pizze sempre più grandi. Ma tesoro, ti ho forse ordinato un disco volante? 'Sta roba qui non mi sta neanche nel piatto... se la addento il sugo mi cola tutto sulla camicetta. Dammi una cannuccia che così aspiro almeno la farcitura. E magari portami anche il conto. Due pizze e due birre: 45 euro. Parbleu. Tradotto: Alla faccia. Sai cosa? Sabato prossimo convinco il panettiere a riaprire bottega. Con quei soldi lì mi compro due teglie intere di pizza rossa e mi evito pure la coda.

Colleghe scollegate

Lavorare stanca. Se poi, a peggiorare la musica, ci si mettono anche le colleghe è la fine. Piuttosto che varcare la soglia del tuo ufficio preferiresti di gran lunga spalare il letame anche tu nella Fattoria, gomito a gomito con Daniel Ducruet. Tutto pur di non rivedere ancora quel brutto muso della tua collega di scrivania. Quella che definire stronza è farle un complimento. Lei c'ha proprio tracce di cacca nel DNA. Così dedita al lavoro, così solerte. Una apessa sempre pronta a conficcarti il suo pungiglione nelle carni. La perfida Marina Kroeger di Centovetrine. Coriacea. Mai un coccolone, mai un'influenza, mai una diarrea come si deve. Ercolina-sempre-in-piedi. È persino tornata a lavorare ancora con le croste della varicella impestando tutto l'ufficio. Peccato non avere un mitra a portata di mano. Lei e la sua mania delle piante. Con gli anni ha messo su un piccolo dipartimento forestale. Una giungla pluviale di begonie, ficus, felci e potus che d'estate fanno salire l'umidità dell'ottanta per cento. Il tuo è l'unico ufficio in Torino dove nidificano le zanzare tigre. Molto meglio La Bela Tulera. La collega sempre perfetta. Quella che prima di uscire di casa fa il bagno nell'Opium. Per venire in ufficio si veste come se dovesse andare a ricevere dalle mani di Pippo Baudo il David di Donatello. Tutta scollacciata. Tubino

107

nero delle dimensioni di un cerotto, tacco a spina di cactus, trucco leggero da drag queen, giacchetta strizzatette, messa in pieghissima. Mai un cedimento. E tu non ce la fai a starle dietro. Perché a te i capelli si sporcano, come a tutti gli esseri umani. Dopo un giorno sembra che ti abbiano gettato sulla testa una secchiata di lumache, la pelle ti si ingrigisce come quella del merluzzo, i tacchi ti fanno gonfiare i piedi, il tubino ha l'orlo scucito da mesi e non hai mai tempo di rimetterlo a posto. Così arrivi in ufficio con i jeans slandronati, il maglione prugna che fa i pallini, e la coda di cavallo moscia. Però la giacca ce l'hai anche tu e si distingue dalle altre: sulla tua ha vomitato tuo figlio mentre lo portavi all'asilo. Ultima tipologia di collega è la Malata Immaginaria. Quella che ne ha sempre una. Se non ha mal di gola, ha mal di schiena. Se non ha mal di schiena ha mal di testa. Se non ha mal di testa ha mal d'orecchie. Insomma. Una giaculatoria perenne di lamenti. Un catorcio piagato per otto ore consecutive. Solo per non sentire ancora le sue grida di dolore ti lasci commuovere e fai anche la sua razione di lavoro. Poi scattano le cinque e papam. Un grillo. Una locusta. Devi vedere come salta via dalla scrivania. Sdeng. Sembra la palla pazza che strumpallazza. Risorge come Lazzaro. Il miracolo della cartolina bollata. Un consiglio? Non fatevi impietosire. Sei in fin di vita, collega mia? Ok. Ti faccio dire una messa.

La minestrina

Venerdì 12 novembre. Giornata mondiale della minestrina. L'ho istituita io personalmente. Un atto di riconoscenza dovuta, povera Minestrina. Lei sì che ci fa del bene. Passa autunni interi a scaldarci le budella e nessuno si degna di onorarla. È una sorta di razzismo culinario. Solo perché non è un minestrone, di quelli maschi, roventi e pesanti. È «ina» lei, leggera, sciacquetta, non ti impiccia lo stomaco. Poi ci metti un amen a prepararla. I mariti e i fidanzati comunque, nonostante l'autunno, preferiscono le cofane di spaghetti e le padellate di tortelloni. Se tu gli scodelli sotto il muso una ciotola di minestrina, ringhiano che gli sembra di stare in una corsia di ospedale, ma poi un po' per celia e un po' per non morire, di fame in questo caso, ingollano. Il mio boy quando mangia la minestrina suda come una lumaca. E poi dopo aver scontato la sua ingiusta pena mi fa: «E adesso? Cosa c'è di primo?» Prego? «Ti ho chiesto cosa c'è di primo? Tajarin o pasta al forno?» È così. Il maschio la minestrina la trangugia solo per farti un piacere. Perché ti ama. Ma poi mangiare è un'altra cosa. D'altra parte come dargli torto. Mia nonna la minestrina la faceva sulla stufa. Ci scagliava dentro un paio di pugnate di biavetta e la lasciava lì a cuocere, fin quando la pastina non assumeva forme strane. Ogni chicco di biavetta si gonfiava a tal punto che rischiavi di confonderlo con una palla da baseball. A me piace quella sciacquatura di budella calda e salatina. Che tu la mangi, ti riscalda, ti vien voglia di far subito pipì e sei contenta. Ti dà l'idea che almeno hai smaltito un po' di polvere che avevi dentro. A proposito di pulizia. Ho intrapreso la mia lotta personale contro le cimici. Non so chi me le abbia messe in casa, forse la mafia russa. Sta' a vedere che hanno preso lo stesso andazzo delle locuste quest'estate, che si sistemavano tra le surfinie fiorite, io passavo e frrraaattt... piantavo degli urli che mi sentivano fino a Moncalieri. Ieri ho trovato spiaccicato sul soffitto un ragno grosso come un croissant. Ovviamente ho chiamato il mio scudiero. Gli uomini servono a quello. A portare su le confezioni d'acqua, a piazzare le mensole col trapano e a uccidere i ragni. Solo che noi non volevamo farlo secco. Che colpa ne ha lui se Dio ha voluto farlo nascere ragno e non Claudia Schiffer. Ma non è stato facile convincerlo. Poi un po' con le buone, un po' con le cattive e un po' col raid, l'abbiamo fatto volare dal balcone. Il fatto che non avesse le ali ci è sfuggito all'ultimo minuto. Da qualche giorno ho anche un nuovo visitatore. Tipo cimice pelosa e con gli stivali mezzacoscia. Come le battone. Però ora ho escogitato un modo per accopparli tutti. Una librata decisa. Paf. Peccato abbia mezza biblioteca rovinata. Una volta mettevo in mezzo alle pagine un fiore secco. Ora ho un insetto spiaccicato sulla copertina.

Il pirlificio

E ricomincia l'impietosa manfrina dei regali di Natale. La samba dei pensierini. E io son felice come un fringuello con una zampa rotta. Mettiamoci d'accordo. Prima di tutto sull'etimologia della parola pensierino. Dicesi pensierino un piccolo pensiero, una minuscola attività psichica che richiede un minimo sforzo. Ricapitolando: ti faccio un «pensierino» significa quindi: penserò a te ma poco. Per cui. Se per Natale abbiamo deciso di farci le coccole solo con pensierini, fastidiosa imbecille che non sei altro, non mi piombare in casa la notte di Natale, vestita da cassata siciliana, porgendomi una spilla d'oro da un chilo, una cisterna di champagne millesimé o una liseuse di Prada da 750 euro. Donatrice incontinente. Perché io, qui spiaggiata come una balena tra le pecorelle del presepe, per te ho comprato solo 4 mandaranci e una manciata di bagige. E mi viene da augurarti non un mondo di bene ma una vagonata di contumelie. Mi vuoi fare un presente per Natale? Benissimo. Regalami una robina piccola che oggi va bene ma domani, che è già futuro, non più. E ieri non ne parliamo. C'è per caso qualcuno che ti dice ti faccio un passato per Natale? Certo. Di verdura magari. E poi c'è sempre la questione del soppesìo. Inutile far finta che per voi non sia così. Quando ci si scambiano i regali si soppe-

111

sa. Si valuta e si misura. Se io do una cosa a te, tu dai pure una cosa a me. Ma possibilmente proporzionata, spregevole ranocchio. «Guarda te. Io gli ho regalato un'aragosta di porcellana da 300 euro e lui un paio di guanti di ciniglia molle. Tra l'altro color caghetta. 'Sto bastardo crumiro. Il prossimo anno me la paga.» Passano trecentosessantacinque giorni e tu memore dell'anno prima gli regali un paio di calzini di canapone riciclato e lui, che ancora non ha digerito la brutta figura, un portafoglio di coccodrillo. E i ruoli e i pensieri si invertono. Tutto questo per decenni. Finché non si arriva al cosiddetto riposizionamento. Che consiste in questo. Tanti auguri, bacio bacio, si scarta e voilà: due agende. Una per uno. A ciascuno quella della banca dell'altro. Che pirlificio. Per non parlare dei fatidici cestini di Natale. Chi ti vuole bene davvero non ti regala un cestino. Il cestino te lo regala chi ti vuole vedere morto. Perché è un'arma letale. Tanto vale mettere una pistola dentro un paniere. Se io ti regalo un cotechino da mezzo metro, una putrella di torrone, un barattolo di crema di peperoni, un vaso di mostarda e uno di pepe di caienna, lo so che per bene che ti vada ti vengono delle emorroidi che non ti siedi più fino alla Befana. Lo faccio apposta. Altro che buona fine e buon principio.

Lui russa

Alé. Confessiamolo pubblicamente. Tanto siamo tutte nella stessa bagna. Dormire con un marito, un compagno, un amante che russa è una piaga d'Egitto. Per la precisione la settima bis. Una tortura che logora la pazienza delle donnole più amorevoli. Lui che fino a 30 anni dormiva beato come un cherubino del paradiso, passati i 40 ti fa sentire le trombe del giudizio universale. Ci sono notti che ti sembra di dormire sulle pendici dello Stromboli in piena attività. Prima non era così. Ha cominciato con delle leggere strafugnate di naso, poi è scivolato in un docile grufolare, improvvisamente son partiti i primi zifoli, poi delle sonore zibibbe fino ad arrivare a delle sinfonie per naso solo che ti pare di dormire allo stadio nella curva degli ultrà durante il derby. Un escamotage per farlo smettere pare sia quello di fargli il verso che si fa al gatto. Tzt… tzt… Sì. Ciao. Ti atterrano sul balcone tutti i mici del circondario e lui non fa una piega. Oppure costringerlo a dormire su un fianco, quello che tento di fare io tutte le strasante notti. Gli sussurro dolcemente all'orecchio: «Ehi, pisolo, puoi girarti su un fianco?». E lui, che sta sognando la nuova ballerina di Panariello che lo porta a fare un giro in moto sulle sue curve, mi fa questo verso: «Ahheuoshka». E allora io gli ridico con una calma che mi viene dai 4 anni di yoga consecutivi: «Ti puoi girare per favore?». E lui. «Sì». Mentre sto finendo di esultare mi accorgo che non si muove. Fermo come un ferro da stiro sul suo asse. Così mi sale un tabacco di nervoso che lo prenderei a ciabattate in testa come fanno Carlo e Alice nella Settimana Enigmistica. L'unica soluzione è spostarlo. Ma è una montagna russa. Ci vorrebbe una vanga da piantare sul materasso e fare leva. Peccato che abbia a disposizione solo un piede. Tra l'altro corto. Spingo con quello. Una notte di queste me lo slogo, lo sento. Alcuni mettono il cerotto. Ma non funziona. Servirà a Valentino Rossi quando corre in moto ma non al proprio rumoroso consorte che si è ingollato otto chili di fritto misto e fa tutt'altro che correre. Bisognerebbe provare a mettergli il cerotto sulla bocca. Appiccicarglielo sulle labbra prima di cena. Ultimamente ho approntato un nuovo metodo. Lui dorme con la bocca aperta? E io gli infilo dentro delle cose, come fosse un posacenere. La prima roba che ho a portata di mano è la mia mano, appunto. Allora gliela caccio in bocca. E lui si incazza. Ha ragione. Però se non c'è modo non c'è modo, amore mio. Io non ti dico mica di non russare per niente. Russa piano. Fai un frrr… craaaa… frrr… craaa regolare. Cerca di essere monocorde. Esercitati sant'iddio. Fammi una risacca d'oceano, un basso continuo, una drum and bass. Ma evitami per cortesia 'ste botte di bassotuba che la mattina mi alzo che sono già furiosa e storta come un torcetto.

Le commesse mastrolindo

Le commesse che prediligo sono quelle dei negozi di alimentari. A loro va tutta la mia comprensione e il mio sostegno umano. Tutto il giorno a star dietro a massaie nevrotiche, pensionate depresse e scapoli con scompensi ormonali non dev'essere una passeggiata. Ma loro lavorano a nastro, facendosi largo a culate, pallide come rape, talmente alienate da ricordarsi di essere vive solo quando per errore si affettano un dito mentre tagliano la bresaola. Te le ritrovi alle sette di sera schiantate sul Fontal, con i polsi a bagno nella mozzarella Gioiella, a rantolare ancora con un fil di voce: «Altro madama?!». Povere gioie. E poi ci sono le commesse dei negozi di abbigliamento che si dividono in due grandi gruppi. Quelle che hanno voglia di lavorare e quelle che no, stanno in negozio per via dello stipendio ma preferirebbero di gran lunga rimanere a casa a guardare il Grande Fratello. Queste campionesse mondiali di flemma acrobatica io le chiamo commesse mastrolindo, perché stanno tutto il giorno con le braccia conserte. Appena varchi la soglia del suo negozio la Mastrolinda ti polverizza subito con lo sguardo. Glielo leggi negli occhi che sta pensando: «Brutta peppia schifosona che il cielo prima ti stramaledica e poi ti bruci. Non potevi entrare dal macellaio un metro prima? Non vedi che son qui a leggere, rapita da Amica?». La Mastrolinda per difendersi dagli attacchi dei clienti fa sempre finta di niente. Riesce persino a mimetizzarsi con l'arredamento come fanno i camaleonti sui rami delle mangrovie. Prende proprio il colore e la forma degli scaffali. E poi fa finta di essere sorda. «Scusi?!» Niente. «Scusi signorina?!» Niente. «Senta, per cortesia...» Nulla. Allora provi con una tromba da stadio. PEEEEEE... A quel punto, sopraffatta da un'ira funestissima, smette di selezionarsi le doppie punte e con gli occhi rossi come pomodorini pachino, ti sibila a denti stretti: «Dimmi». Che tradotto in lingua corrente significa: Che minchia vuoi? E tu chiedi: «Senta... di questa gonnellina c'è mica la 40?». Non fai in tempo a dire «anta» che ha già risposto NOBISOGNAVEDEREINMAGAZZINO. E allora tu pensi: be', adesso andrà in magazzino. Macché. Non fa una piega, non si schioda di un millimetro. Se tu non demordi e con i maroni nello zainetto le chiedi se per favore può andare a controllare, lei lo farà. Ma non avendo i poteri di Flash e ritornando dopo soli 20 secondi, avrà fatto finta. E ti dirà un bel NO, NON ESISTE. È PROPRIO FUORI PRODUZIONE. A quel punto hai due opzioni: o stringere le natiche e uscire dal negozio come Orfeo senza voltarti indietro oppure prenderla per il collo e scuoterla come un albero di albicocche. Per comprare da queste commesse qui bisogna volerlo fortissimamente. A costo di legarsi ai piedini della cassa come Alfieri alla scrivania.

Oh, happy day!

Speriamo almeno che il Natale ci porti qualcosa di bello. Per adesso da me sono spuntate le cornamuse. C'ho le pive sotto casa. A stantuffarmi a nastro di quanto sia bianco questo Natale, di quanto il cuore esulti e ci siano jingle bells dappertutto. Io quando scendo agli zampognari un'offerta gliela faccio. Due euro. Perché si spostino. Vadano un po' più in là, a suonare sotto un'altra finestra. Ammetto di possedere un cuore riottoso alla poesia del Natale. E tra qualche giorno mi toccherà pure un concerto gospel. Così facciamo l'en plein. Perché diciamolo: uno non va a un concerto gospel perché gli piace. Non è umanamente possibile. Va perché c'ha un'amica soprano, piuttosto leggera, che nel coro ci canta. Altrimenti fa dell'altro. Perché si sa che al concerto gospel si divertono solo quelli che cantano. È matematico. Quelli che ascoltano si sfrangono l'esistenza di esistere. Come fai a gioire per due ore e mezza con gente in camicia da notte di raso che si batte le mani da sola e grida fino a farsi saltare le tonsille? Io posso esultare, moderatamente, due minuti di fila. Non di più. Dove stia la fonte di tutta questa abbacinante serenità non è dato sapere. «Ho capito che per te oggi è un happy day, cippirimerla. Ma non urlare. Che sei già rossa come una triglia e se insisti di questo passo alla fine del concerto non ci arrivi...» Poi, siccome nel coro fissi sono solo in 63 e non riescono con gli acuti a spaccare tutti i vetri cattedrale della cappella, chiamano rinforzi. E ti invitano solisti neri di oltre oceano con toraci da lottatori di sumo, dei milinghi che berciano del loro spirito per interminabili minuti pensando tra sé: Mi hai chiamato tu? E adesso canto, minchia! Che almeno 'sto sbattimento valga la pena. E alla fine tu torni a casa felice. Ma non della vita. Del fatto che sia finito il concerto. Portandoti a letto con te un fischio fisso conficcato nell'orecchio, come un antifurto acceso incastrato nel timpano.

Il concerto di Capodanno

L'unica cosa che apprezzo delle feste di Natale è il concerto di Capodanno. Quello che danno alla tele il primo gennaio. Io ho quasi quarant'anni e da almeno trentacinque me lo ricordo sempre uguale. Eppure ne è passato di tempo. Mi sono caduti i denti di latte, mi sono spuntate le tette e una leggera peluria sotto il naso. Ho fatto le elementari, le medie, le superiori e l'università. Ho cambiato fidanzati, case, mestieri e convinzioni. E lui lì. Ogni anno. Si sono estinti i dinosauri, prima o poi toccherà anche a lui. Ma la mia domanda è: quando? Saperlo. Da un po' di anni il direttore e gli orchestrali fanno anche gli scherzetti. Gli austriaci son proprio delle sagome. Fanno il gioco dei pianissimi e dei fortissimi. E da casa si diventa matti. Perché il concerto di Vienna lo si sente a tavola. Con quel rincoglionimento tipico del primo dell'anno. Mentre si addenta l'avanzo di tacchinella e si sugge il brodo dei cappelletti. Quindi non è che si segue perfettamente. Il massimo è mio padre. Nei pianissimi comincia a urlare: «Ausa c'as sent un tubu». Appena si dà più volume ecco che parte un fortissimo orchestrale da scuoterti le midolla e lui grida: «Basa sto burdel». Fino a che si arriva alla solita marcia di Radetzky dove tutti battono le mani a tempo e mio padre, a un passo dalla crisi isterica, per festeggiare cambia canale.

È Natale e io ti odio

Passata la festa. Gingol bel gingol bel. Dovremmo essere tutti più buoni e invece siamo delle merde. Oooo... living old de uaaaait... cristmas. Vigliacco se qualcuno sa cantare le canzoni di Natale con le parole giuste. Non sai l'inglese? Cantale in italiano, pistola! Ui uisciu a merry cristmas. Adesso ho davanti a me un futuro infestato di buoni propositi. Comincio da domani. Prima di tutto mi mangio 3 mandaranci di fila, mi tengo tutti i semi in bocca come fanno i criceti, poi vado dal verduriere con le gote gonfie e glieli sputo in faccia. Una smitragliata. Prata ta ta ta ta tan. Eh no. Perché tu me la devi dare una certezza. Perché tu lo devi sapere. Dove stanno 'sti minchia di semi? Nei mandarini o nei mandaranci? Sei tu che mi hai messo la pulce. Io vivevo beata nella mia incoscienza. Ti ho forse chiesto: Mi dia dei mandarini senza semi? No. Sei stato tu che mi hai detto: «Prenda questi qua, madamin, che costano cinquanta centesimi in più ma non hanno i semi». E questi cosini bianchi cosa sono? Tic tac? Tu mi hai venduto dei mandarini ripieni di tic tac, forse? Adesso sai cosa faccio? Ti lego un porro intorno al collo e ti strozzo, così faccio Pasqua in galera. Tanto non ho ancora prenotato da nessuna parte. Vai va. Ringrazia che è Natale. Sparisci. Vai a grattar via la muffa dai salami. Poi vado da Miriam. E ricomincio daccapo. Tu mi avevi detto che per la piccola Gaia non volevi niente, vero? Nessun regalo. E io ho insistito: ma dai, è Natale, dimmi cosa le compro? E tu: «Ma no, niente... figurati...». E poi trac. Hai sparato. «Guarda allora: le piacerebbe da morire lo zainetto del pupazzo Hamtaro, arancione coi bordi fucsia, però quello col cappuccio da pioggia attaccato ai manici.» Sai cosa, Miriam? È Natale e io ti odio. Non è un bel sentimento, non trovi? Mi hai fatto girare tutte le stramaledette cartolerie di questo globo, ho visto delle commesse sfrante dalla medesima tua richiesta che mi facevano sorrisi cattivi da murena, per colpa tua ho preso tre multe per divieto di sosta, sono persino andata alla Rinascente di domenica che preferivo il suicidio col gas, e l'unica cosa che ho trovato è una cartella gialla con un Bambi che piange. Fattela piacere o ti troverai a piangere anche tu. E già che ci sono ti restituisco il tuo orrido regalo dell'anno scorso. Quel bel fermacapelli in alluminio a forma di tartaruga gigante delle Galapagos a grandezza naturale, che dal peso mi ha fatto tornare la cervicale. Che il cielo mi perdoni. Qui per strapparci un sorriso tocca che qualcuno ci gratti i piedi da sotto. Però un augurio un po' meno cretino ve lo voglio fare. Mi viene in mente una battuta de *La meglio gioventù*. Quando Lo Cascio alla fine del film chiede a sua figlia: «Sei felice?». E lei risponde: «Sì». Allora lui ribatte: «Bene. Adesso è giunto il momento di essere generosi».

Cosa c'è dietro al retrogusto?

Mettetevelo nella zucca. Al 2, 3, 4%. Fate voi. Infilatevelo dentro quei bei testoloni tondi come biove. Oggicomeoggi se non avete almeno un paio di scarpe a punta non siete nessuno. Capito? Se avete il coraggio di infilare le vostre estremità in disgustosi mocassini sbombati non vi meritate il diritto di stare al mondo. Anzi. Se potete, scansatevi. Se volete stare nella performance, care le mie testoline rosicchiate dai topi, siete obbligate a temperarvi le scarpe. Anche se portate il quaranta di piede e poi vi sembra di passeggiare per via Roma con gli sci. La moda non accetta sconti. Niente mezzepunte. Non siamo mica alla Scala. Se il portafoglio non vi consente queste delizie di stile, allora un po' di spirito di iniziativa. Infilatevi ai piedi tutto ciò che di puntuto trovate in casa. Imbuti, ombrelli chiusi, vecchie baionette, fusi della bella addormentata, pezzi di guglie del duomo di Milano. In più le scarpe a punta sono armi di difesa di massa. Provate a prendere a calci in culo qualcuno e poi mi dite. Fatte le punte alle scarpe occupatevi di cucina. Altra moda all'ultima moda. Tanto basta accendere la tv a qualsiasi ora e in ogni trasmissione per trovarci qualcuno che spignatta. Mangiano tutti come orchi. E noi paghiamo il canone. Manca solo che Piero Angela ci cucini lo spezzatino di velociraptor e Mirabella prepari i papin. La più brava è la Clerici alla quale crescono i fianchi di pari passo con la crescita degli ascolti. Io adoro i sommelier. Quelli che vanno in tv a tastare il vino e poi ti dicono com'è. Manco glielo avessi chiesto. Assaggiano, roteano la linguetta come fanno i criceti e poi partono con una scarambola di aggettivi: un vino sapido, corposo, seducente, intrigante, intenso, generoso. Poi sglurg. Un altro sorsettino e ricominciano: setoso, strutturato, opulento, elegante, complesso... E la miseria! Ti sei imparato lo Zingarelli a memoria? Io tutti quegli aggettivi non li riservo neanche per il mio fidanzato, figurarsi se li spendo per un bicchiere di vino. E attenzione al retrogusto. Susina, mela golden, muffa nobile, pesca bianca, fragolina di bosco, ciliegia di fiume, mandarino di montagna. Quindi tu bevi il vino ma praticamente è come se bevessi un bicchiere di succo di frutta pagandolo il sestuplo. Una volta, a un conclave di intenditori, mi fecero degustare un vino pregiatissimo. Poi mi fissarono tutti per sapere il mio giudizio. Morire se mi veniva in mente un aggettivo. Solo sostantivi. Allora optai per il retrogusto. Ma siccome dire che sapeva di legno sembrava banale calcai la mano e dissi: Un retrogusto di... parquet.

Gli agenti immobiliari

D'ora in poi dico NO. NO e NO. Come fanno quelli del prosciutto di Parma. Non voglio più avere a che fare con agenti immobiliari. Devo estirparli dalla mia vita con un diserbante chimico. O almeno renderli utili, tipo contarli di notte, per addormentarmi, come si fa con le pecore. Tanto son tutti uguali. Capello ingellato lucido da foca, camicia con collo ortopedico in simil gesso, scarpe di legno, cravatta mozza con eventuale Paperino che fa capoccetta dal risvolto, orologio da polso leggermente più piccolo di una quattro stagioni, telefonino incastonato alla cintura e dopobarba fetente. Insomma. È la vita che ti porta a essere in questo stato. Non puoi aver scelto. L'unica vera dote di un agente immobiliare è la parlantina. Una filodiffusione impietosa di parole, una purga verbale che ha come unico obiettivo quello di stancare, rimbesuire il compratore, infiacchirgli le ginocchia. Mentendo, allegramente, soprattutto davanti all'evidenza. Per esempio. L'agente immobiliare fa fatica a comprendere il senso della parola: luminoso. E dire che non è difficile. Luminoso è un appartamento dove ci entra dentro la luce. Del sole però. Non dei lampioni del marciapiede. Ma perché, insopportabile manzo italiano, se ti ho chiesto una casa luminosa mi porti a vedere una miniera? Sei cretino? Hai per caso sniffato la colla che vedi lampi di luce? Per illuminare un tugurio come questo devo farmi prestare dai Pooh un paio di fari da concerto da almeno 1000 watt. Perché se ti ho chiesto un appartamento silenzioso con bella vista tu mi porti a vedere un piano rialzato con affaccio pensilina del tram? «Eh, ma così arriva in centro in un attimo.» Certo. Anche lei se non la smette arriva al Traumatologico in un attimo. Ti dico: agente immobiliare delle mie palle sfrante: voglio il terrazzo. Bene. Eccoci a vedere un bell'alloggio senza balconi. Ribatto. Vorrei un appartamento con un bel living arioso... Pronti a vedere un alloggio fatto interamente di corridoi. Sembra di entrare dentro l'intestino crasso. Cosa me ne faccio di 'sti spazi tubiformi? Ci vado in triciclo come in *Shining*? Ci sistemo i pitoni per lunghezza? Grrrr. Ti ho chiesto 2 camere più cucina. Qua ci sono 3 bagni più angolo cottura. «Be', uno lo può trasformare in studio lasciando il lavandino così si può lavare le mani quando scrive.» Ma lo sai, agente mio che ti odio, quanto tempo mi fai perdere? Io nella vita non passo le ore a visitare case inutili come fai tu. E se ti hanno smollato una bettola che son 6 mesi che ce l'hai sulle croste son fatti tuoi. Compratela tu e rinchiuditi pure dentro.

No

Sono nata così. Con questa genetica predisposizione al NO. Non so perché ma al consenso preferisco il dissenso. Il no mi piace. Anche il gesto che lo accompagna. Scuotere la testa di qua e di là, soprattutto quando mi sono appena lavata i capelli, mi dà tanta soddisfazione. E poi mi piace pronunciarlo il no. Perché lì in mezzo, tra le pieghe di quella sillaba nasale, ci sta dentro un sacco di roba. Il rifiuto per esempio. Il nossignore. Il levatelo dalla testa. Che non è mica roba da buttare via. Perché il rifiuto è sempre differenziato. C'è no e no, insomma. E la maggior parte dei no è riciclabile. Da una raccolta paziente di rifiuti possono nascere nuove cose. Insoliti modi di pensare, per esempio. Strade diverse da percorrere. Persone nuove da amare. Il NO è anche dissenso. Pensiero difforme. Che spesso si fa conflitto. Ma anche dibattito costruttivo. Mi fanno paura le coppie che non litigano mai. Bisticciare, credetemi, è sano. Sono convinta che alzando la voce e caricando i toni si crei dell'energia propulsiva che fa andare avanti la coppia. E poi vuoi mettere il piacere di fare la pace? Chi non litiga non sa cosa si perde. C'è anche il NO purissimo della disobbedienza. Quello bello dei bambini. Che dicono no per puro spirito di contraddizione. E magari ci aggiungono pure un «merda» proprio quando i genitori vogliono far bella figura con gli amici. Poi ci sono i NO che ti vengono fuori perché c'hai i nervi. «Guarda, oggi ti dico di no perché c'è vento e sono isterica. Ma se me lo chiedi domani può essere che ti dica di sì. Soprattutto se c'è il sole.» E anche i NO della sincerità. Quelli che si usano per dire le cose come stanno. «Vengo anch'io?» No tu no. «Vengo anch'io?» No tu no. «E perché?» Perché NO. Perché mi stai sul culo, guarda. Non ti reggo. Preferisco dirti le cose come stanno invece di fingere benevolenza. Vacci con qualcun altro a vedere le bestie feroci. Non con me. È che il NO dà libertà. Non si può morire dentro, aspettare di diventare tutti verdi come Hulk fino a farsi scoppiare i bottoni della camicetta. Con il NO, poi, iniziano tante parole importanti. Il nonostante, per esempio. Che ti fa tirare avanti e chiudere un occhio. Il noumeno, che è l'essenza delle cose. Il nocciolato che leva le malinconie, la novità che dà gusto alla vita, il no profit che dà senza pretendere, il non ti scordar di me della nostalgia e il non essere dell'essere. Sul muro della mia camera da letto sta scritta una frase di Pessoa che dice: NON SONO NIENTE. NON SARÒ MAI NIENTE. NON POSSO VOLER ESSERE NIENTE. PERÒ HO IN ME TUTTI I SOGNI DEL MONDO. Ecco. È proprio così che la penso.

Mascheroni

Io col carnevale ho sempre avuto un rapporto tormentato. Quasi come col Capodanno. Per due ordini di problemi. Il primo: l'acetone. Chi ha trascorso gli ameni anni dell'infanzia in stretta compagnia del Biochetasi, sa che i dolci di carnevale fanno più o meno lo stesso effetto della stricnina. E non è affatto divertente masticare cracker e bere acqua non gasata mentre gli altri si sfondano di spugnette fritte e bibite al gusto di last al limone. È orribile dover rinunciare a quelle aranciate brillanti di marca Frizzekla, Millebolle, Aranciocco addizionate con gas più tossici di quelli di Saddam. Il secondo: la maschera. I miei non mi hanno mai comprato il costume da damina. Io per anni sono stata mascherata da spagnola. È andata così. Ma fa male. Io volevo perdutamente foderarmi di raso azzurro. Volevo la corona di diamanti di plastica. Sognavo i guantini di pizzo. E invece no. Conciata da spagnola con tanto di neo nero e nacchere legate alla vita. Ora tu dimmi se io fisicamente ho anche solo un leggero tratto iberico. Infatti mia madre, per rendermi credibile, mi ripassava col carboncino le sopracciglia. Peccato che così somigliassi di più a Bergomi che a una ballerina di flamenco. Ma bedda madre. Sono pallida? E allora vestimi da fantasma, da Pierrot, fammi la lacrima con la biro, infilami il risotto nelle ta-

129

sche che faccio il sushi. Sorte analoga è toccata alle mie amiche. Bea per anni è stata vestita da principe azzurro, costume ereditato dal fratello. Molly da mongolfiera con un cestino bucato legato in vita e gigantesco cuscino sulla testa. Clelia da angelo, con tunica bianca e ali da aquila, lunghe un paio di metri. Dal peso di quelle maledette ali ancora oggi soffre di dolori alle ultime vertebre lombari. Elvira non ha ancora superato lo choc. La mamma la vestiva da Pantera Rosa e tutti le strappavano sempre la coda. Betty andava a scuola vestita da fiore di cartacrespa e tornava a casa praticamente nuda. L'anno dopo la nonna l'ha vestita da mummia. Rosabella da fungo di gommapiuma. Una amanita falloide di un metro e dieci. Milly da Marisa Laurito. Non mi chiedete altro. Persino Ettore, gran pacioccone che sarebbe stato un perfetto sergente Garcia, ha dovuto arrendersi alla madre e indossare fino alla prima media il costume da Ape Maia. Genitori vi prego. Datemi ascolto. Non fate gli originali. Le bambine da damina e i bimbi da Batman. O da Uomo Ragno. Questo è. Non c'è dibattito. Io quest'anno mi vesto da Barbara D'Urso. Mi metto un abitino turchese con su una fantasia di totani e polpi in pannolenci.

Macedonia cinese

Cimentarsi con il ristorante etnico non è poi così complicato. Basta inserire nella propria casella di memoria alcune nozioni basilari tipo: giapponese tutto crudo. Cinese
tutto fritto. Indiano niente vacche. Dopo sei a cavallo. Nel
mio empireo personale ci sta senza dubbio il ristorante cinese. L'ho sempre praticato con grande gioia per più di un
motivo. In primis: l'arredamento. Perché non c'è mai limite al peggio. Tu pensi: più brutto di così non è possibile.
Poi cambi cinese e ti ricredi. Si può sempre dare di più. Tra
l'altro: senza essere eroi. Basterebbero le classiche lanterne
rosse. Invece varchi la soglia dei ristoranti cinesi e precipi-
ti in un universo fritto, fatto di draghi impestati, buddha
obesi, pesci rossi obesi anche loro, tovaglie di nylon rica-
mate, altaroli luminosi con fiori di loto di plastica e bonsai
di ceramica con foglioline a confetto rosa o verde bile. Ci
vuole dell'ardimento. Io sono convinta che sia per questo
che i cinesi hanno gli occhi a mandorla. Stretti a fessura.
Perché guardano l'arredamento dei loro ristoranti e si dicono: «Miiiiiinchia che ollole!» (trad: minchia che orrore)...
e strizzano gli occhi. E poi i menu. Prodigiosi. Ma quale
paillard. Ma quale tagliata con rucola. Il piatto più semplice sono le rane cinesi scoppiate fritte con tempesta di von-
gole e tormenta di funghi e bambù. O la famiglia cinese in

nido di rondine con chele di granchio massacrato in salsa di alghe o ancora le orecchiette a mandorla con contorno di cime di rapa tibetana. Se preferisci qualcosa di più vicino alla tradizione piemontese puoi sempre optare per la ratatuia cinese con fritto di tlin, ravioli al plin, salsa di wanton, ciuchin e cin ciun cian. E per finire puoi scegliere tra tè, sakè, datedafè e gautedaipè. L'importante, quando vai al ristorante cinese, è che tu metta addosso qualcosa di non troppo felposo, che faccia da barriera al tanfo. L'ideale sarebbe un tailleur di legno massello. O di acciaio inox. Altrimenti un abito qualunque a patto che tu lo possa lasciare anche due o tre mesi sul balcone senza rimpianti. Io ho fatto un esperimento. Il 5 novembre sono stata al ristorante cinese con Molly. Tornata a casa ho steso sul balcone il mio dolcevita di angoretta e lì l'ho abbandonato. Ora siamo a marzo. Sono fiorite le primule, è sgelato il gelsomino, la tartaruga ha terminato il letargo e ha fatto capolino dal vaso della camelia, ma il dolcevita puzza ancora di maiale in agrodolce. Un vero record. Quando esci dal ristorante cinese persino le mutande sanno di salsa di soia. D'altronde lì ha un po' tutto lo stesso sapore. Ma c'è un tranne. La macedonia cinese, che invece sa di latta. Un vero prodigio di mestizia. Io credo che la macedonia cinese sia una delle cose più tristi dell'universo insieme ai collant bianchi, le cravatte con Paperino e le bambole di pizzo da mettere sul letto.

La patologia del camaleonte

Attenzione. Da scienziata esperta in pirla ho isolato una nuova categoria di esseri umani. Non contagiosi ma abbastanza tossici. I cangianti. I camaleonti patologici. Quelli che oggi sono in un modo e domani tutto il contrario. Ormai appena li snaso tiro fuori le unghie e soffio come una gatta: fttttt! Muta. A bocca aperta: fttttt! Pericolo! In natura ne troviamo di due sottospecie. La prima è costituita da quelli che al primo incontro con un simile rimangono regolarmente folgorati. «Sai che ho conosciuto tizio? Simpaticissimo. Una bellissima persona. Tra l'altro anche fighissimo, somiglia a Clark Kent prima di trasformarsi in Superman, poi geniale, sa tutte le capitali d'Europa a memoria, quasi quasi lo iscrivo a Passaparola.» E tu pensi: Caspita, questi due diventeranno amici per la pelle. Ed è lì che ti sbagli. Dagli tempo due settimane. E poi chiedi al cangiante come va col nuovo amico. Lui ti risponderà più o meno così: «Chi?! Tizio? Peeeer carità... una merda... brutto, isterico e ignorante come una capra. Se posso dirti anche ladro. Non ho le prove ma mi sembra addirittura che mi abbia fregato 5 euro dal portafoglio». Ora. Qualche volta può succedere. Che uno si pigli una cantonata. Che sbagli a prendere le misure. Che immagini che una persona sia in un modo e invece è tutto in un altro. Ma non sempre. Non tutte le strasante volte, per la miseria. Se tutti, dopo un po' che li frequenti, diventano dei mostri, il problema è un po' tuo, miciogatto, che hai la psiche bucata e un ego elefantiaco. Gli uomini non sono mai fantastici o orribili. Sono quasi sempre a metà. Con pregi e difetti. Alcuni con un carattere più facile altri più faticosi. Perché? Tu, Billybis? Sarai mica perfetto! Vedi cara, è difficile spiegare, è difficile capire, se non vedi la distanza che è tra i miei pensieri e i tuoi, cantava Guccini. Ma veniamo alla seconda categoria. Il camaleonte comune. Quello che un giorno fa lo splendido, ti abbraccia, ti fa dichiarazioni di stima incondizionata, ti promette amicizia eterna, ti racconta nel dettaglio ogni particolare della sua vita più intima... e il giorno dopo? Fa finta di non conoscerti. Non ti saluta nemmeno. Robe da chiodi. Anzi. Se tu un po' mortificato gli fai notare chi sei, lui è facile che ti risponda: «Ah sì, ciao. Non mi ricordo più dove ci siamo conosciuti...». E alla fine tu ti senti pazzo e lui neanche un po'. Insomma. La vita è spaziosa, ci puoi far stare dentro un sacco di roba. Ma i camaleonti no. I camaleonti bisogna tenerli fuori. Lasciarli sul loro ramo. A cambiare colore.

Nonni di oggi

I nonni di oggi non son più quelli di una volta. Più passa il tempo e più ringiovaniscono. Sarà la pratica dell'allevamento nipoti che fa 'st'effetto qua. Il nipote fiacca il corpo ma rivitalizza il cervello e si sa che il cervello, per chi ce l'ha, è una risorsa di vitalità straordinaria. Ci sono nonni che superati i 65 invece di giocare a briscola all'Arci boccia si sfondano di playstation, smettono di guardare Mirabella e si sintonizzano su Mtv, posano il basco scozzese e si cacciano in testa il cappellino con la visiera con su scritto bad boy. E le nonne non sono da meno. Un tempo, superata la soglia dei 60, scattava inesorabile la tintura dei capelli. Azzurra. Permanente, ricciolini e una bella colata di gran turchese. Adesso non ci pensano nemmeno. Che i capelli azzurri se li faccia la Fata Turchina. Meglio tenersi la propria chioma grigio carlinga di Boeing e se tinta dev'essere che sia. O un bel rosso mogano menopausa o un ardito biondo aglio. Quando penso ai miei nonni, che son stati vecchi da subito, penso che in fondo io sono anche un po' quello che son stati loro. C'è sempre un briciolo di loro nella mia catena del Dna. Pare che ci vogliano sei generazioni prima che si perdano le caratteristiche genetiche. Quindi significa che io posseggo tracce del mio nonno bis. Infatti ho i baffi come lui. Una cosa mi ricordo bene. Non si lagnavano mai. E dire che ne avrebbero avuto ben donde. La nonna Lucia, per dire, detta Cia. Nonna Cia come fosse stata ingaggiata dai servizi segreti. Rimasta vedova giovanissima gestiva l'unica trattoria del paese e lì faceva la mamma, la barista, la cameriera, la cuoca e la buttafuori, facendosi le ragioni con la sola forza della ramazza. La nonna Cia era completamente senza denti. Ma riusciva lo stesso a masticare tutto, anche il torrone. Quando ero piccola i miei compagni di catechismo mi dicevano: Sai che mio nonno va a cavallo? Sai che il mio fa l'avvocato? Sai che mia nonna dà ripetizioni di latino? E io rispondevo: E sai che mia nonna spacca le noci con le gengive? E vincevo sempre io. Orgogliosa così non lo sono mai stata. Lei leggeva Famiglia cristiana. Tutta. Dall'inizio alla fine. In quella cucina sempre un po' buia, perché la luce forte infastidiva quegli occhi che ne avevano viste già troppe. La delizia erano i suoi cassetti. Quello del comodino comprendeva: due o tre rosari annodati, pastiglie per la pressione mescolate a quelle al rabarbaro, ricordini da morto misti, santi protettori, moccoli di candela e pezzi di liquirizia purissima. Quello in cucina dava ancora più soddisfazione: viti di diverse misure, un tubetto di colla secca, un guinzaglio rotto, una foto sfocata di chissà chi, due tappi di sughero, figurine Miralanza legate con l'elastico. Una vera miniera per i nipoti, che ho verificato: in fatto di cassetti, cara nonna Cia, hanno tutti preso da te.

Lo sposo in bianco

Ragazzi, che bellezza... Avete visto che è scoppiata la primavera? Diciamo che è scoppiato un po' tutto in questo periodo... Ma almeno la primavera è una bella notizia. Il teporino fa miracoli. Le vite si abbassano, le gonne si accorciano e i primi seni sbucano dalle camicette. È questa la stagione dei matrimoni, l'epoca in cui gli arcifidanzati finalmente si sposano e torna di attualità la diatriba del vestito bianco. Allora. Io sapevo che il bianco del vestito da sposa fosse simbolico. Un segno esteriore di purezza interiore. Come dire... Vengo all'altare vestita di bianco perché sono un enorme giglione intonso. Sono come il Dash, bianca che più bianca non si può, candeggiata anima e corpo. Nonostante le intemperie mi sono conservata intatta. Ancora col cellophane. Se non ci credi c'ho qua il certificato di autenticità in marca da bollo con la firma in calce del mio ginecologo. Insomma. Sapevo che il vestito bianco fosse a beneficio solo delle vergini. A esclusivo appannaggio delle femminucce splendide splendenti, arrivate all'altare ancora in garanzia. Per le altre... nisba. Tutte quelle che per anni hanno volato di fiore in fiore, come delle alacri apesse, devono accontentarsi di un altro colore. Un frisin meno immacolato. Altrimenti non vale. Fanno bene le vergini a incimurrirsi. Hanno tutta la mia comprensione.

Ma come? Per mettere il vestito bianco son 15 anni che viaggio con le mutande di ghisa, quando esco col mio moroso parliamo solo di infissi di alluminio e finestre anodizzate per non rischiare di cadere in tentazione, ci siam comprati pure la Multipla per stare distanti anche in macchina e poi arrivi tu, brutta aristogatta, e ti vesti da chantillì? Se ti prendo ti sbuccio viva. Cara la mia pinocchia... non barare. Lo sappiamo tutti che non sei più in garanzia da decenni. Anzi, a dirla tutta, mi sa che ti tocca la revisione. Si fa ogni cinque anni, tu sei già fuori tempo da un pezzo. Ti consiglio anche una controllatina ai freni e una gonfiatina alle gomme. Se proprio vuoi convolare, convola. Ma scordati l'abito bianco. Un vestito albicocca va benissimo. Anche blu cina o giallo tuorlo. Col crema siamo un po' borderline. Se hai avuto massimo massimo 3 fidanzati posso chiudere un occhio e concederti il crème brulé. Piuttosto vesti tuo marito di bianco. Tanto lì la questione simbolica non si pone. I maschi possono arrivare all'altare anche di seconda, terza, sedicesima mano. Addirittura da rottamare. Dai. Metti allo sposo con un bel frac tinta neve, come Fred Astaire. Camicia con gli sbuffi e davantino tutto a piegoline. Tale e quale a una Viennetta.

Una pratica bomboniera sturalavandini

Detto tra noi. Gli amici, ai matrimoni, son sempre i più sfigati. I parenti in chiesa si siedono, al rinfresco si sbracano, nella pennichella si svaccano. E gli amici? Stanno in piedi. Agli amici spetta al massimo un cabaret di bignole e un bicchiere di lemonsoda, mentre i parenti si strafogano di stragi di mare e cabernet. I congiunti possono andare via dopo la torta a venti piani e dodici pianerottoli, gli amici sono costretti a bailare sotto la luna piena come quella disgraziata della Morena di Zucchero. Sembrerebbe un bilancio decisamente negativo. E invece è lì che si sbaglia. Perché alla fine, al momento del congedo, ai parenti viene distribuita in gran pompa la mega bomboniera imperiale con tanto di imballaggio e agli amici uno straccetto di iuta ripieno di confetti. Nei casi più fortunati i compagni di merende possono fare incetta di bombon direttamente a manate. «Iddio non turba mai la gioia dei suoi figli se non per regalarne una certa e più grande», diceva Manzoni. Tra l'altro nei Promessi Sposi, manco a farlo apposta. La bomboniera, diciamolo, è un oggetto di cui il mondo degli ominidi potrebbe tranquillamente fare a meno. È un ciapapuer, un attirapolvere. In termine tecnico: un soprammobile. Cioè una roba che deve stare sopra il mobile, che però di solito è già pieno che versa. Un ricordo. Ma per chi? Il matrimonio è una giornata che il 90% degli invitati spera di dimenticare il più in fretta possibile. La bomboniera è un oggetto che ci ravana per casa impunito e nessuno ha il coraggio di buttare. C'è gente che compra apposta un gatto solo per scagliarlo sulla libreria e far sì che sia lui il colpevole delle rotture. E poi costa. C'è chi alle nozze d'argento paga ancora le rate delle bomboniere del matrimonio. Eppure per qualcuno è diventato un lavoro. E sembra brutto sputare sulla fatica degli altri, con la penuria di impiego che c'abbiamo di questi tempi. Quindi urge una soluzione alternativa. Io un'idea ce l'avrei. Conserviamo l'usanza della bomboniera ma regaliamo qualcosa di utile. Che so. Un grattaghiaccio per il parabrezza della macchina, un fermatovaglia per i giorni di vento, uno schiacciamosche, una chiave del 7, una museruola, uno svitolo per le serrature. Sono robe che servono sempre. E poi vedi come ti ricordi del cugino di terza che si è sposato a luglio quando usi il suo grattaghiaccio i giorni della merla per andare in ufficio. O quando ti si intruppica la serratura del garage e lo svitolo ti salva la vita. Quindi. Ricapitolando. Basta con i cappellini di limoges, le pipette di ceramica, i barbagianni di capodimonte. Vogliamo roba che serva. W gli sposi. Auguri e figli maschi. E per ricordo uno sturalavandini con il suo bel sacchettino di confetti legato al manico.

Quelli che le han tutte

Ricapitolando. Quella testa di piombo placcata ghisa di Molly ne ha di nuovo combinata una delle sue. In un soprassalto di orgoglio single si è messa lì con trapano, cacciavite e occhiali e si è piazzata da sola i pensili della cucina. À la guerre comme à la guerre. Mica la solita fiammiferaia che sta lì a lagnarsi tanto. Mica come quelle galline che fan tanto coccodè ma poi morire se fanno un uovo. Massima stima. Grazie Molly. Te lo dico come se fossi la mamma della Simmenthal. Dopo un paio d'ore, mentre pelava l'aglio per il pollo alla cocotte, i pensili le sono caduti in testa. Un, deux, trois. E voilà. Bilancio della tragedia: rottura scomposta di omero, clavicola e capitello radiale. Più una macedonia di lividi su tutte le gradazioni del magenta. Sei stata fortunata le ho detto, se succedeva a un purosangue di spaccarsi tibia e perone lo abbattevano. Almeno a te hanno messo solo il gesso. Così, senza fare troppi piagnistei, la ciancicata barbie girl ha ripreso in un baleno la vita di sempre, pur camminando di traverso come i granchi. Poi essendo in mutua, la bela tulera, tutte le sere tira tardi in discoteca e balla come una gatta che le han dato fuoco alla coda. Ora nelle fasi del corteggiamento invece di puntare sulla perversione punta sulla compassione. Visto che funziona l'altra sera ha persino simulato una peritonite per portarsi a letto un ingegnere che sembrava appena uscito da un catalogo di postal market. Risparmia anche sugli ombretti perché ogni giorno gli ematomi cambiano sfumatura. Altro che Tonino Guerra. La Molly è l'impersonificazione dell'ottimismo e del profumo della vita. Mica come quelli che quando si ammalano la fanno tanto lunga. Se li incontri per strada e ti azzardi a chiedere come va parte un'anamnesi completa. E le malattie non sono mai comuni. Mediamente sono sindromi terrificanti. Hai presente i film dell'orrore di Italia 1 a notte fonda? Son quelli che non hanno mai solo mal di schiena. Sarebbe troppo banale. A loro si è direttamente spezzata una vertebra. E adesso? «Eh... Adesso ad agosto mi piantano un chiodo e mi mettono un disco...» Ah. Il famoso disco per l'estate. Certo. E poi? «Poi ho avuto un problema all'occhio.» Un po' di congiuntivite? «Magari. No... Mi è proprio scoppiato l'occhio.» Però. Boia faus che sgiai. Ma da quando in qua gli occhi scoppiano? Perché è l'uso dei verbi che fa la differenza. Quelli lì non si spelano. Si scuoiano. Non si graffiano. Si scorticano. Non si tagliano. Si squarciano. Anche a me. Talvolta. Si dilaniano. Le palle. Quando mi tocca stare a sentirli.

Sciocco shopping

Adesso basta minchioneggiare in giro. Son finiti i primi maggi, i venticinqui aprili, le pasque e le pasquette. Si ritorna tutti in questa valle di lattice. Gasp! Come faremo a sopravvivere senza ponti fino alle ferie? Io un'idea ce l'avrei. Perché non ci inventiamo nuove feste nazionali? Un bel Primo Moggi, per esempio. La festa dei calciatori. Dove le persone normali giocano a calcio e i calciatori veri provano a lavorare. Le mogli smettono di stare a casa a raschiare le carote e vanno a dondolare i culi sopra le scrivanie facendo le veline. Niente ponti per me in questo maggio. Si vede dalle occhiaie. Segnate come quelle di un panda gigante. Mi ci vorrebbe un correttore a base di cemento armato, altro che crema protettiva. La prossima volta che mi sbatto al sole mi spalmo la faccia di Friol. E voglio vedere se non prendo almeno il colore di una granseola. Non ho avuto neanche la soddisfazione di dare una sbirciatina alla finestra di fronte, come consiglia Ozpetek, perché tutte le tapparelle erano abbassate. Peccato... davanti a me ci abita un minotarro che somiglia vagamente a Raoul Bova. Diciamo un Raoul Bova dopo due settimane di influenza intestinale e 20 ore di treno Torino-Campobasso con lo sciopero dei Cobas. L'attività preponderante dei miserandi rimasti a casa è stata lo shopping. Abbiamo comprato e speso più di quanto avremmo fatto se fossimo andati via. Meta principe: l'Ikea, che fa sempre vacanza. Si parte sereni, si sbaglia regolarmente strada (perché tutti sanno dov'è ma non si ricordano mai come arrivarci) e poi ci si butta a capofitto a riempire il sacco giallo. Lei non può fare a meno di 4 o 5 confezioni di candele, manco abitasse in un convento. Lui fa incetta di matitini e poi misura tutto. Dalla cassapanca alle doppie punte della cassiera. Si era andati per comprare i bastoni per le tende? Perfetto. Si torna a casa con una confezione di salmone all'aneto, un alce di peluche e un troncone della felicità che non sta neanche in macchina. Quando voglio farmi del male vero però, io vado alla Metro. Il magazzino dove si compra solo all'ingrosso. Lo adoro. Davanti a quelle confezioni ciclopiche di carta igienica, non so resistere... Se vedo un secchiello di olive da cinque chili invece di pensare: cosa cavolo me ne faccio di tutte 'ste olive che non prendo neanche mai l'aperitivo, ecco invece che mi monta la foga della provvista e mi dico: Caspita! Ma è convenientissimo! È un'offerta che non posso proprio lasciarmi scappare. Metti che voglia prendere l'aperitivo da qui al 2006... Devo assolutissimamente trovare anche una cisterna di Campari... E quello è l'inizio della fine.

Citofoni spanati

Per piacerissimo. Ve lo chiedo in ginocchio. Potete fare solo un frisinin più piano? Che vi costa? Mi rivolgo a voi omini che di mestiere venite a leggere i numeri sul contatore. Voi, che ci piombate sulle croste alle 7 di mattina. Che prima suonate i citofoni a testate e poi salite le scale urlando a polmoni spiegati: LUCEEE... LUCEEEEEE... LUCEEEEEE... Ma lo sapete che ci fate prendere degli spaventi che ci vien la pelle d'oca fin sotto le ascelle? Il cuore ci batte come un tamburo del Bronx e dall'accidenti si restringe di colpo. Diventa grosso come una nocciolina americana. Io lo dico per voi. Io vi avverto. Ci sono pensionate di 80 anni che ancora due colpi di LUCE LUCE a questo volume, ci rimangono secche. Siete tutti tenori? E allora andate a sparare i vostri do di petto alla Scala e non sulle nostre, di scale, dannazione. Forse è solo un problema di citofono. Sì, perché i citofoni, da quelli in mesta plastichetta grigia a quelli barocchi in ottone specchiato, di solito non si sentono. Trovatemi qualcuno che possegga un citofono parlante. Impossibile. Mediamente la percezione è questa. DIN DON... «Chi è?» Risposta: «VAGHJLJHGJLHGAF». Chi???? «VAHJKDJHGSAF.» Intanto passa anche il tram. Meglio i videocitofoni, quelli in cui vedi l'ospite in arrivo. Solo che lo vedi brutto, ma brutto, bianco e nero, col naso a coulisse, gli occhi sbomballati, che già non hai voglia di aprirgli figuriamoci quando lo vedi in quello stato. Chi ne fa le spese sono soprattutto le ragazze, le pischerle, quando vanno a trovare l'amico che vorrebbero al più presto diventasse il fidanzato. Inutile passare le giornate a farsi belle. Basta un misero din don per acquistare l'aspetto della maschera di Scream. A me un'attività che mette sempre di buon umore è leggere i cognomi sui citofoni. Perché la gente non ci pensa. Quando si innamora si innamora. Giusto. E quando si sposa, si sposa. Certo. Non è che sta lì a soppesare l'abbinamento tra il suo cognome e quello del partner. E così magicamente, proliferano accrocchi meravigliosi. I coniugi Tagliabue-Pelagalli. La famiglia Meloni-Acerbi. I Caccamese-Zappavigna. I Pesce-Rosso. I Suppo-Stazza. Gli Schiavo-Pacifico. Nel condominio di Molly, al piano di sotto, risiede la famiglia Cinque-Perotto. Tutte le volte che leggo la targhetta mi vien voglia di scriverci sotto: 40. Un tempo, nella mia vecchia casa, risiedevano tre famiglie. La mia, Littizzetto-Dezzutto (che come abbinamento è un discreto scioglilingua), i Luzzitelli, e gli Iacomuzzi. Ripeto: Littizzetto-Dezzutto, Iacomuzzi, Luzzitelli. Tutti in fila. Mancava solo Zorro. Nessuno aveva mai la posta al posto giusto. E tutte le mattine si replicavano memorabili commedie. Perché ciascuno, distrattamente, apriva le missive dell'altro e trasaliva.

Siamo serial

Ho come la sensazione che i neuroni pian pianino mi si addormentino. Che schiaccino un pisolino. Che si facciano una pennichella mentale postprandiale. E allora di tanto in tanto lo uso come terapia. Mi metto lì e mentre raschio con la paglietta il fondo delle padelle o pulisco i carciofi per la minestra mi guardo una puntatina di uno sceneggiato. Di quelli quotidiani che tutti vedono e nessuno lo ammette, salvo poi sapere ogni minimo intreccio quando la chiacchiera finisce sull'argomento. Il serial tv è benefico. Intanto dà lavoro a un sacco di gente, poi dura poco, massimo 10 miseri minuti escluse tre sigle, 2 blocchi pubblicitari e una gioiosa telepromozione di casseruole, e soprattutto è l'unica cosa della vita che non richiede sforzo mentale. L'approccio alla telenovela è sempre vincente. Non importa che tu sia una testa di rapa e che il prodotto interno lordo della tua scatolina cranica sia molto basso. Tanto c'è poco da capire. Lì il cattivo è sempre cattivo, non puoi confonderti come ti succede nella realtà, il buono sempre fesso e i malati guariscono di sicuro. Ma che bellezza. La telenovela è una delle medicine migliori a effetto placebo con benessere immediato. In più se per caso sciacquando la lattuga ti perdi una battuta puoi rilassarti, tanto il concetto te lo ripeteranno per minimo altre 12 puntate. E

147

mai che un personaggio se ne accorga e dica: «Sìì, lo so, non sono mica cretino! Dal 1456° episodio a oggi me l'avrai detto almeno 27 volte!». Il mondo dello sceneggiato è un mondo bislacco, irreale. Dove le mogli cucinano in tailleur, i mariti dormono sempre nudi e non hanno mai la lombosciatalgia, dove le fidanzate si svegliano già truccate e tali rimangono anche se hanno un incidente gravissimo. Stan mezze morte in rianimazione ma sempre con un filo di ombretto sugli occhi. Poi in Beautiful per esempio nessuno va mai in bagno. Ridge son 12 anni che non piscia. Eppure sta benissimo. Anche in fatto d'amore e sentimenti tutto è molto più rassicurante che nella realtà. Basta fare come loro. Tenere la patta aperta 24 ore su 24. Metti che ti molli il fidanzato puoi sempre farti suo padre o se c'hai fegato anche suo nonno. Ma c'è un momento in cui devi rizzare le orecchie e stare all'erta. Quando qualcuno pronuncia la seguente frase: «Amore, non ti preoccupare, vedrai che andrà tutto benissimo». Lì tocca smettere di tritare il prezzemolo, posare la mezzaluna sul tagliere e aspettarsi il peggio. Una burrasca rovescerà il panfilo, il protagonista per lo stress perderà la memoria e la sua amante, trasportata da una tromba d'aria, finirà nel letto dell'odiato rivale.

Dalla Romania a casa mia

Allarme. Allarme. La minaccia viene dai Carpazi. Scende dai rilievi della Transilvania e approda alle rive del Po. Nome in codice? MR. Muratore rumeno. Il manovale del mattone che viene dal Mar Nero va così di moda che il suo diffondersi da qualche anno minaccia la sopravvivenza degli ultimi esemplari di maschio con cazzuola di razza autoctona. Io personalmente ne mantengo una mezza dozzina. Costel, Biku, Vasili, Nicolau, Vlad e Cornelius detto Dracula per via di un evidentissimo surplus di canini. Mi immaginavo almeno che arrivassero al calar delle tenebre, in carrozza, col mantello nero, il cilindro e un nugolo di pipistrelli a far da sfondo. Sognavo che mi si avventassero sul collo azzannandomi la giugulare e sparendo poi al primo sorgere del sole. Invece i principi della notte, i nosferati sabaudi, il sangue me lo stanno levando lo stesso senza neanche l'ausilio dell'arcata dentale. Pallidi son pallidi. Dei cicciobelli biondi con degli occhi azzurri pieni di nostalgia che sarebbero perfetti per Uomini e Donne della De Filippi, meno per risanare i miei bisognosi impianti idraulici. La prerogativa dei muratori rumeni è che capiscono poco meno di niente. Quindi parlare con loro è come parlare col muro. Solo che col muro non ci puoi più parlare perché l'hanno già abbattuto perciò se stai zitta fai prima. Di solito, in una impresa rumena, c'è solo il capocantiere, rumeno di rumenia, che mastica l'italiano. Anzi, a dirla tutta, lo parla benissimo, meglio di Luca Giurato. Il capocantiere è una specie di pifferaio di Hamelin che suona lo zufolo e magicamente tutto comincia a prendere vita. Una cometa che brilla indicando ai manovali il cammino. Peccato solo che come il corpo celeste appaia una volta ogni duecento anni, avendo lui ben 47 cantieri aperti in contemporanea, un giro d'affari del tenore di quello di Tronchetti Provera e una casa in costruzione nei dintorni di Bucarest di 3 piani, dodici bagni e una ventina di stanze. Per piano. Quindi? Quindi come dice un vecchio proverbio moldavo: quando il gatto rumeno non c'è i topi rumeni ballano. Infatti tra poco in casa mia aprirò una discoteca: la famigerata Discuteca Romaneasca. Ogni tanto, presa dallo scoramento, li raduno tutti e faccio dei monologhi brandendo la pala sporca di cemento. Loro mi guardano, non capiscono un accidenti ma intuiscono qualcosina dal tono che pare sia molto simile a quello di Ceausescu quando faceva i comizi. La vecchia proprietaria mi ha lasciato in dote un lettino, di quelli di plastica, da terrazzo, col materassino a righe. Bene. Ultimamente ho notato questo strano fenomeno. Ogni volta che arrivo il lettino è posizionato in una stanza diversa. I lavori sono fermi ma il lettino, quello, se lo sfiori con la mano, è ancora caldo. Come si dice in rumeno? «Spor la munca.» Tradotto: buon lavoro.

La seccatura dell'umido

È così. La raccolta differenziata, se vuoi farla bene, è un lavoro a tempo pieno. Tanto per cominciare devi alloggiare i contenitori sul balcone. E tanto per cominciare devi avere il balcone. Chi come me ha due specie di pensiline del tram è costretto a stipare l'immondizia dentro casa. E un filino l'arredamento ne risente. Poi si tratta di dividere la rumenta. Cominciamo dalla carta. Nel bidoncino è facile: ci butti i quotidiani, i Torinisette, i Marieclaire da una tonnellata... ma poi: la busta col resoconto della banca, con la sua bella finestrella di plastichino, la metti o no? Devi sgattare con le unghie finché non rimuovi l'impiccio altrimenti a quelli del progetto Cartesio viene lo strangu-glione? E il bollettino del «Solerte fungaiolo di Alpette» che è tutto arruvugliato nel cellophane? Non puoi mica scagliarlo nel bidone giallo così, a cuor leggero. Tocca spacchettarlo. E l'allegro spacchettio è una rottura se son le sette e mezza e ti mancano le biove, devi ancora correre in tintoria a ritirare il tailleur e tra un minuto ti sbattono fuori il figlio dal catechismo. A quel punto, delle betulle che vengono abbattute te ne frega meno di una mazza. Butti tutto nel cassonetto verde e ciao ninetta. E poi la plastica. Io le bottiglie le lascio nello stato fisico di bottiglia. Non riesco ad appiattirle con la sola forza del pensiero. Con quella dei bicipiti meno che mai. Mia suocera, che non è esattamente un fuscello, ha trovato la soluzione. Ci cammina sopra. Improvvisa una sorta di balletto a saltelli che termina solo quando si ritrova sotto le suole una specie di skate. E poi c'è l'umido. La raccolta del rifiuto organico. Io vorrei conoscere il signor Umido in persona per chiedergli: Serve? Mi dica sinceramente. Giuri sulla testa del suo labrador. Vale la pena mettersi lì a raccogliere i gusci delle uova, le lische di triglia, i torsoli delle renette? Me lo dica col cuore in mano. Se no mi faccia un segno, un occhiolino come a briscola, io capisco e lascio perdere. No, perché a me la raccolta dell'umido, secca. Girellare con 'sto sacchetto che cola giù per le scale, sull'ascensore, nell'androne mi fa saltare i nervi. Poi a Torino l'umido non si raccoglie nei sacchetti biodegradabili ma nelle buste del DìperDì. Volete mica dirmi che c'è un omino che di professione si mette lì, apre i sacchetti di pattume e li svuota? No, perché uno si fa anche un culo così per dividere gli scarti della propria esistenza, ma se merita. Tutti hanno un amico spocchioso che non differenzia un beatissimo tubo e dice che tanto è inutile, perché poi ributtano tutto insieme nell'inceneritore. Per lui credere alla raccolta differenziata è come credere a Babbo Natale.

Hai provato il fidanzato flambé?

Fine della corsa. Siamo arrivati al capolinea. E adesso vamos a la playa. Vamos a mettere per un po' le nostre esi-
stenze in pausa prima del faticoso play dell'autunno. A
dragare le fatiche dell'anno e a lubrificarci i pensieri con il
grasso dei krapfen e l'olio dei fritti di mare. Sua maestà il
mio fidanzato ieri mi sembrava persino più gioviale. Mi
avrà fatto dieci telefonate di fila. Tutte per non dirmi niente. Nell'ultima mi ha chiesto addirittura di raccontargli nel
dettaglio che cosa avessi fatto nella giornata. Perdinci.
Sarà il caldo che sta trasformando il mio uomo di Neanderthal in essere umano sensibile... mi sono detta. All'un-
dicesimo squillo gli ho domandato perché mai tanta insistenza d'amore. Lui mi ha spiegato che non era insistenza
d'amore. Era che doveva provare l'auricolare. Dicono che
il segreto per ridare un po' di magia a un dessert venuto
male sia dargli fuoco. Cospargerlo di cognac e incendiar-
lo. Può essere un'idea anche coi fidanzati. Quando si im-
pirliscono appiccargli il fuoco e farli flambé. Molly mi ha
informato che col caldo ha cominciato a soffrire di alluci-
nazioni uditive. Le era parso che il suo attuale armigero le
avesse detto Ti Amo. Invece era solo Andiamo. Per dovere
di cronaca quella mina antiuomo di donna sta da più di 48
ore con un tunisino e già fa progetti di lavoro con lui. Vo-

gliono aprire un chioschetto in periferia ai cucina tuniso-piemontese e chiamarlo «Mangè bin al Magrebin». Specialità cuscus e bagna cauda. Mi sono permessa di dissentire. Ora parto anch'io. Vado al mare. Siccome sono inferma di mente ho riempito la bellezza di 4 valigie. Avevo solo più da portarmi la sabbia. Alcune raccomandazioni per le gallinelle in partenza. Ricordatevi. Le braccia delle donne si accorciano in prossimità dei caselli. Questa è una legge della natura. Siate previdenti. Meglio una rasetta ben fatta che la solita gag del braccino corto col marito di fianco che vi piglia per il culo. Poi. I panini. Sempre nel domopak che è trasparente. Mai nella stagnola. Foderare i panini nella stagnola è un atto suicida. Tutte le volte vi toccherà fare le estrazioni del lotto, scartarli uno per uno per scovare quello alla lonza e carciofini che è sempre l'ultimo della serie. E infine. Le espadrillas del vostro compagno di merengue. Fatele sparire prima che sia troppo tardi. Prima che diventino un'arma chimica letale. Il maschio si infila le espadrillas a maggio e le toglie a ottobre. Con quelle zattere di corda si fa la Stratorino, la gita nelle paludi, la raccolta delle olive, il jogging sul bagnasciuga. E non le toglie nemmeno quando va a spalare il letame nella fattoria di Pilu. Fate così. Pesategliele. Quando superano i tre chili l'una fate finta di niente e scagliatele per errore nella pattumiera del vicino. E buone vacanze a tutti.

Vacanze: evitiamo quasi tutto

Infuriano le ferie. Molly, gaudio magno, si è involata ieri col suo Pandino. Destinazione Tropea. A quest'ora sarà già sul pedalò in compagnia di un vitello qualunque in esubero di ormoni. La sgangherata Molly... la freccia del Sud, la chiamo. Perché mette la freccia a Santena e non la toglie più fino a Salerno. Ieri è venuta a salutarmi con suo nipotino Filippo al quale il padre, quel miserabile bifolco, ha insegnato questa simpatica gag. Gli chiede: «Filippo?! Amore?! Come fa Totti?». E il piccolo senza batter ciglio: «Puach!». Sputa. Che la Madonna del Divino amore ci perdoni tutti quanti. E che queste vacanze ci rinsaviscano. Non dimenticate che le ferie sono fatte per riposarsi, non per sfinirsi nelle stazioni o negli aeroporti. E poi dicono che viaggiando troppo si rischia di perdere l'angelo custode. In queste ferie dovremmo cercare di esercitare una sola disciplina umana: la sublime arte dell'evitare. Evitate gente, evitate. Evitiamo per esempio di portarci in giro camion di cavalletti, obiettivi e flash per poi fare in tutto 3 foto. Di farci i codini se i 15 anni son passati da un pezzo. Va be' che è estate ma non siamo Susanna tutta panna. Evitiamo di buttare cani e gatti giù dalle scarpate. Di portare la nostra metà su un'isola deserta se non sa nuotare. Evitiamo i bikini sgambati se siamo ricoperte da una trapunta di adipe e se viaggiamo con i polpaccioni delle bambole Furga. Evitiamo di depilarci l'inguine col rasoio o di lasciare le strisce depilatorie in valigia al sole. Per non fare i conti o con una ricrescita più impestata della vite vergine o con la rabbiosa pratica dello scollaggio mutande. Evitiamo di pensare che in quell'unica settimana di ferie non avremo il ciclo. Facciamo a meno dei costumi da bagno all'uncinetto che bagnati pesano una tonnellata e se possibile evitiamo di fare la pipì in mare. Schiviamo i test dei rotocalchi che sommati alla calura abbassano la pressione e il QI. Non prendiamo il gelato nella coppetta per poi fare quel mischiolino che mette tristezza. Meglio il cono che fa colare il gusto malaga giù per il braccio ma è anche l'unico modo che ci è rimasto per tornare bambini. Evitiamo di stare troppo al sole. Se abbiamo l'incarnato color malva è subito eritema. O herpes. A scelta, non nostra. Il sole funesto fa male. Secca la pelle come la crosta del grana. Lasciamo a casa gli occhiali da sole con le lenti rosa confetto o verde saclà. Con quelli i raggi del sole ti perforano la retina ed escono dalla nuca. Due sole cose non evitiamo di fare. Leggere. Leggere tanto. Che in fondo è il modo più comodo di viaggiare. E poi stare attenti. A quello che ci capita e ci è successo durante l'anno. Per capire. «Nella vita non sono i segni che mancano. Quello che manca è il codice.» Lo dice Pennac e io ci credo. È uno dei pochi saggi rimasti in circolazione.

Standing ovulation

Per l'amor del cielo. Questo caldo forsennato ci ha messo k.o. Siamo molto più ammattite del solito. In più il tiepido ci rende languide e ci innamoriamo di qualsiasi cosa respiri. Io la chiamo: standing ovulation. La sensazione di avere le ovaie che fanno la ola. Con questo caldo ci si sente un po' come le cozze sul fuoco. Costrette ad aprirsi. A spalancare l'anima e anche qualcos'altro. Mammamia. Molly per ringiovanirsi s'è fatta altri due piercing. Un anello al sopracciglio destro e uno al sinistro. Le ho consigliato di approfittarne, tirare un filo di plastica e stenderci la biancheria. È più piena di pistolettate che un reduce dal Vietnam. A oggi detiene quattro orecchini alle orecchie, due alle sopracciglia, uno all'ombelico. Dice che adesso i maschi per attirarla non devono fare altro che munirsi di una calamita. Io, mentre lei si faceva sparare in faccia, ho ripreso a frequentare Ida, la mia amica ottantenne matta da legare. Gambe erborinate dalle varici, capelli azzurri come la Fata Turchina e messa in piega in perfetto stile ikebana. Vecchia come la penicillina, due volte vedova e mille volte fidanzata. Lei mi ha insegnato tante cose. Per esempio che non bisogna aspettarsi di essere sopraffatte dal classico amore a prima vista. Che l'importante è accontentarsi. Va benissimo anche un amore a seconda, terza, quarta vista.

E che comunque mai, per nessun motivo al mondo, ci si deve far sfuggire le occasioni. Perché il tempo passa e a una certa età poi ti viene il culo secco come un cantuccio e non te ne fai più nulla. Al massimo puoi bagnarlo nel vin santo. E che in amore bisogna anche un po' rassegnarsi. Che agli uomini a una certa età non viene più duro niente, tranne l'aorta. Lei vive da sola con due gatti. Mustafà e Fernet, che a volte soffrono di solitudine. Così ha escogitato un rimedio. Quando è fuori casa lascia accesa la radio. Sintonizzata su Radio Radicale. Lì parlano sempre, mi dice, così i gatti c'hanno la sensazione di non essere mai soli in casa. Al limite stanno con Pannella. Adesso si è anche messa a dieta. Mangia le barrette proteiche. Ma non una sola. Tre o quattro, finché non le passa la fame. Ieri si lamentava di sentire sempre meno. Be', a ottant'anni capita. «Ma chissenefrega dell'età!» mi ha urlato. «Devo assolutamente prenotarmi una visita dall'OTORINOLORANGUTANG.» Ida mi mette sempre di buonumore. E sai perché? Perché ha conservato la vanità. Fa di tutto per sentirsi bella e charmante. Non si è rassegnata all'oscurantismo della vecchiaia. Anzi. Ha inghiottito le lacrime e vive come Rossella O'Hara. Pensando sempre che domani è un altro giorno.

Che vacanze!

Ma no, ma sì, ma su, ma dai... ma no, ma su, ma sì, ma dai... Quest'anno non ci possiamo proprio lamentare. Caldo ha fatto caldo. Un caldo da morire, purtroppo. Noi che pensavamo che l'estate si fosse estinta. Ingenui. Abbiamo passato le ferie nei grandi magazzini a strapparci di mano i ventilatori. Nervosi come vipere cornute. Un tempo, in estate, ci si rifugiava in chiesa per cercare un po' di refrigerio. Ora che abbiam perso lo spirito e siamo solo carnazza, ci rintaniamo all'Ikea e alla Rinascente. Pare che con questo caldo i mari abbiano raggiunto più o meno la temperatura del brodo di gallina. Approfittiamone. Usciti dall'acqua buttiamoci dentro i tortellini così risolviamo anche il problema della coda al ristorante. Queste vacanze al ritmo lento del reggae mi hanno rintronato che è un piacere ma in compenso son nera come una sacher. E gonfia uguale. Con un mesto tatuaggio di hennè sulla caviglia che da lontano più che un simbolo maori sembra un eczema. Comunque quest'estate ho imparato tante cose. La prima. Fondamentale. I pisoli di pomeriggio ti lasciano i segni del lenzuolo in faccia che durano fino all'ora di cena. Fare quindi attenzionissima per non arrivare all'aperitivo con la faccia plissettata. La seconda. Che qualcuno ci pensi. Che si trovi il modo di climatizzare i mariti così che a letto non tengano tanto caldo. Perché dividere il talamo con i nostri visir è come dormire davanti a un camino acceso. E scoppiettante, visto il russicchiare perpetuo. Io una soluzione l'ho trovata. Mi metto in mezzo al letto a gambe e braccia spalancate. Tipo uomo di Leonardo. Così lui o si infila tra i raggi, operazione molto complessa, o va a dormire sul divano. E veniamo alla terza. Secondo me i casellanti non sono mica tanto contenti se li salutiamo. Noi lo facciamo per carineria invece loro ci odiano. Noi diciamo buongiorno e loro pensano come Califano: Noia, noia, noia, maledetta noia! Per cui. Appena arrivati al casello, giù il finestrino, sorriso muto, denaro contato e bye bye con la manina. Fine. E adesso vi dico di Molly. Luglio l'ha trascorso a farsi l'elettrocoagulazione dei baffetti, perché d'estate le si infittiscono e le viene il sottonaso da mustelide. Ad agosto invece ha avuto un inciucio con un classico bravo ragazzo. Uno di quelli che gira ancora con la piega stirata nei jeans e il camiciotto tinta guano. A ferragosto, però, tragedia. Al subumano si è infilata una zanzara dentro l'orecchio. Ma giù giù. Molly per un po' ha pazientato. Poi ha acceso uno zampirone e glielo ha agganciato al padiglione a mo' di orecchino zigano. E da allora, anche se lui la chiama la mia salvatrice, lei da vera robinuda è già pronta per salvarne uno nuovo.

Ricordi, souvenir e chili in più

Che disdetta. Che infinita saudade. Che fitta di malinconia. Fino a ieri avevamo il colore dell'orzoro. Da qualche giorno siamo tornati a quello dell'orzata. Flambarci per ore sugli scogli è stato uno sforzo inutile. Forse smettere di lavarci la faccia può essere l'ultimo estremo tentativo di conservazione dell'effetto Caraibi. Anche la conchiglia raccolta sulla spiaggia dà i primi segni di cedimento. Era un così bel ricordo dei bagni Miramare. Fino a ieri se ci appoggiavi l'orecchio ci sentivi dentro il rumore del mare. Ora devi solo allontanarlo in fretta dal naso perché puzza mostruosamente di pesce morto. E il sacchetto coi gusci vuoti dei ricci? Quelli verdi a palletta? Li volevi mettere nella ciotola cinese come hai visto fare su Elle decor. Hai costretto tuo marito a ore di apnea. Ha rischiato l'embolo per una scodellina di scheletri di mollusco. Ne aveva recuperati 87. È uscito dai flutti con i polpastrelli completamente smucinati e le labbra viola come i cardi di montagna. E ora dove sono finiti? Ah, eccoli. Ci hai appoggiato sopra il computer portatile e una fiasca di lambrusco da tre litri. Vorrà dire che passerai le serate d'inverno davanti al camino a incollare con l'attak i gusci sbriciolati dei ricci. Per fortuna ci sono le foto delle vacanze che hai portato a sviluppare. Eccole. Qui hai inquadrato il piede di tua cugina Marisa. In quest'altra la pelata di tuo cognato. Questo è un tuo primo piano. Fai paura. Ti son venuti gli occhi rossi come ai conigli dei maghi. E poi la solita. Quella del retrotreno di zio Guglielmo che tutte le volte si gira di schiena e tira giù il costume. Il tuo fotografo ormai conosce il suo culo a memoria. Qui ci siete tutti e due. Peccato che al tuo boy manchi un braccio e a te un pezzo di naso. Ma ci rimane il filmino. Di scorci panoramici e paesaggi incontaminati non se ne parla. Un'ora e dieci di ferventi idioti che fanno ciao ciao con la manina. Non abbiamo fatto altro che ciao. Ciao dal canotto con la maschera e il boccaglio, ciao mentre tiravamo la coda al porcello di Oristano, ciao ciao col testolino mentre facevamo le sabbiature. Abbiamo salutato con la manina mentre gonfiavamo il materassino, mentre grigliavamo i gamberoni, mentre succhiavamo le cozze e mentre facevamo pipì tra le macchine parcheggiate. Quella deficiente di Elvira persino mentre vomitava sul ponte del traghetto faceva ciao ciao con la manina. Cosa ci è rimasto allora di queste ferie? Pochino. Il mitraglione ad acqua da spiaggia, il pantapareo in allegato su Amica, la statuina di simil pan di zucchero che diventa blu quando piove e due chili tondi tondi. Un bel ricordo. Di tutti i coni sberliccati sul lungomare.

L'essenziale è crederci

Vi esorto caldamente a decidere. O formiche laboriose o cicale intemperanti. Insomma scegliere da che parte stare, perché si tratta di due scuole di pensiero ben distinte. O l'estate è finita ed è irrimediabilmente giunto il tempo del «ricomincio», oppure no. Si può ancora rosicchiare qualcosa. Allontanare un pochino l'amaro calice. Contrastare lo sbronzamento è il primo passo. Ma come? Mi sbronzo così in fretta? Ho passato le ore a friggermi sugli scogli, trasudavo sex appeal come i polli dei girarrosti trasudano olio, per strada un mio collega molto miope mi ha persino scambiata per Fiona May e adesso devo rassegnarmi a 'sto begiolino tinta corda? Ma non scherziamo. Piuttosto mi tuffo di testa nell'Earl Grey. Ci metto duecento bustine nella vasca da bagno e ci sto a mollo tutta la notte. À la guerre comme à la guerre. E se non basta provo col mallo di noce. Quella buccia impestata che ti macchia solo a guardarla. Mi faccio gli impacchi di mallo. Pazienza se vengo a macchie come le vacche pezzate. Poi. Di rifare la tinta non ci penso nemmenissimo. Tra l'altro 'sto mogano che tende al biondo non è male. È un... nespola. Eh be'?! Qualcuno ha da ridire? E poi per ora non se ne parla di spegnere l'aria condizionata e di rinfilarsi il gambaletto di leacril antistupro. L'estate è una condizione dello spirito, non del corpo.

163

Se le tonsille gridano vendetta al cospetto del cielo farò finta di non sentirle. Tanto sta scritto nel karma della tonsilla
fare una brutta fine. Il braccialettino brasiliano antisfiga lo
tengo, anche se è tutto sminchiato, e pure la collana fosfo-
rescente a tubo comprata sulla spiaggia all'esibizione dei
Mamuthones di Stintino. Magari la metto a Settembre musica. Al concerto di Arvo Part. Grazie al cielo sabato sera
c'è una gran rimpatriata. Tutti da Marisa. Grigliata in giar-
dino, due giri di do con la chitarra e si dorme fuori. In mezzo alle braci, col saccoapelo. E il fatto che Marisa abiti a Vil-
lastellone in una villetta a schiera con un'aiuola di due
metri quadri in pendenza, più umida di una palude di Comacchio, e che tutto ciò con le spianate verdi dell'Ungheria
ci azzecchi pochissimo non importa. L'essenziale è creder-
ci. Fino all'ultimo dei nostri nervi. Inventarsi la realtà a misura dei nostri desideri. Certo che anche i negozianti potrebbero collaborare con la scenografia. Magari evitando
ancora per qualche giorno di esporre le sciarpe di angora e
le galosce che spuntano da ricci e castagne. O le palandra-
ne di vigogna e i calzoni alla zuava mescolati ai grappoli
d'uva e alle tinozze. Il termometro segna 30 gradi. Che vi
costa lasciare in vetrina ancora per un paio di settimane le
borse da spiaggia coi pesci rossi, i parei con le conchiglie e i
prendisole in seta cotta? Siate collaborativi, che diamine.
Promettiamo. Giurin giuretta. Al primo sabato di tempesta
sarete ricompensati.

Offinito

Tanto per sapere. Siete tornati tutti o devo rifare l'appello?
Vediamo: Chiabotto, Cortassa, Gribaudo? Presenti. Ma-
strototaro, Paisiello, Puddu... Ci sono. Romanescu, Kha-
led, King Chang Wang... Alle loro postazioni. Bene. Tutti
tornati. Anzi, a dire il vero, mai partiti. Tuttalpiù qualche
merenda nei prati intorno a Givoletto. Qui non si riesce ad
arrivare a fine mese, altro che ferie. L'altro giorno al mercato una pensionata mi ha arpionato un braccio, l'ha stretto fino a fermarmi la circolazione e poi mi ha bisbigliato
all'orecchio: «Lo scriva, madama, lo scriva lei che la ascoltano. Noi vecchietti arrivati quasi al capolinea, ci tocca tirare la cinghia, con 'ste pensioni da fame. Sciupeisu tuti.
Ma lo sa lei, che apro il portafogli e sa di chiuso? La Maria
è messa ancora peggio. Pensi che va a rubare il lauro dai
cippi dei caduti per fare l'arrosto». O signur. Intanto a Bea,
che non è mai partita, è ritornata la gastrite. Quando parla
ha continui reflussi d'aria, come quelli dei conigli quando
mangiano l'erba bagnata. Tutta colpa di Mirella, la sua
amica del cuore, reduce da un indimenticabile safari. Non
fa che vantarsi con Bea che non si è mossa da Torino causa
mobilità. Quando si dice il paradosso. «Sono stata in Africa... non puoi capire...» E Bea: «Capisco perfettamente. Io
sono rimasta a San Salvario». «E che c'entra?» «Stessa

densità di neri, caramia.» E la Lella di rimando: «Sì, ma in Africa c'erano i leoni». «Be', a San Salvario le pantere della polizia...» E avanti col dialogo costruttivo. Solo quella pestilenza di Molly ovviamente si è divertita come una pazza. Quella la ferma solo una calibro 9. Ha fatto del suo meglio per apparire ancora più cretina di quello che già è. E non ci ha messo molto. Mi ha detto che ha passato le vacanze al suo peggio, cioè in costume da bagno. Tutto il giorno in bikini tropical con sgambatura brasileira. Lo so a cosa state pensando. Infatti. Non vi sbagliate. Si è rifidanzata. Che costanza. Con uno di Torino. Un suo compagno delle superiori. Eterosessuale al cento per cento. Tale Peppe. Mai retto. Una volta, per levarselo di torno, gli piantò persino il compasso sul dorso della mano dicendogli: «Scusa, non l'ho fatto apposta». Ora l'ha rivisto ed è sbocciato l'amour fou. Siamo andati a cena l'altra sera. Peppe ha perso più capelli di quanto mi potessi immaginare. Non è pelato. È spelato. I capelli ormai gli crescono a siepi laterali. Come se avesse raschiato la testa contro un muro di bucellato o l'avesse passata su e giù su una grattugia. A questo pensavo mentre parlava. Mi ha anche confessato di non riuscire mai a memorizzare il senso di ON e OFF per accendere e spegnere gli elettrodomestici ma grazieadio di avere finalmente trovato una soluzione. «Così faccio. Penso: ONNIZIATO. OFFINITO. Capito? ON niziato. OFF finito.» Chiarissimo. Ahi. Che fitta di dolore.

Ringraziamenti

Mucias grasias a papà e mammà, al mio intrepido amorone Davide, a mia nonna Cia che non si è potuta godere lo spettacolo, al mio braccio destro e sinistro Beppe Tosco, all'inossidabile Stefania Bertola, a Beppe Caschetto e le sue caviglie, all'ostinato Ferraris, al meraviglioso mondo di Luisa, a Giorgina topina con Dario e Mariella, a Chiara e al suo profumo della vita, a Bobino e Geronimo, alla bella Pronda e al suo velista, a Pilly e Pona, a Tiziana e soreta, a Perla Cristal, alla coppia più bella del mondo Morando, alla promessa sposa Paoletta, a Sandro Coppola, al bel Gennaro, alla Ressico e alla Lessona, a Rapillo e Rapilla, al Luciu 'dla Venaria, ai Tartarugabili del sito e a tutti gli ascoltatori di Deejay. Vi stimo. Tutti. Siete veramente squisitissimi.

«Col cavolo»
di Luciana Littizzetto
Oscar bestsellers
Arnoldo Mondadori Editore

Questo volume è stato stampato
presso Mondadori Printing S.p.A.
Stabilimento NSM - Cles (TN)
Stampato in Italia - Printed in Italy